시 쓰는 남자의
사랑이란 가슴에 꽃으로 못 치는 일

윤창영 지음

프로방스

시 쓰는 남자의

사랑이란 가슴에 꽃으로 못 치는 일

윤창영 지음

프로방스

CONTENTS

들어가는 말

1부 시 쓰는 남자

1장. 비를 사랑한 시인

2장. 남편, 아버지 그리고 시인

3장. 감성 시인이고 싶다

2장 여백이 있는 자여에서

마치는 글

들어가는 글

***시는 쉽게 독자에게 읽혀야 한다.**

시를 좋아하는 사람들은 많다. 시를 좋아하다 보니 시를 쓰게 되고 등단하여 시인이 된 사람도 많다. 현대는 과거 어느 때보다 시인이 많은 시대이다. 특히 SNS의 발달로 밴드, 페이스북, 카페, 블로그 등에 시가 넘쳐난다. 하지만 그에 비해 시를 읽는 사람은 많지 않다. 그 이유가 무엇일까? 많은 이유가 있을 수 있겠으나 가장 큰 이유는 시가 어렵다는데 있다. 시를 읽어도 이해가 되지 않으니 시 읽기가 재미없어져 버렸다.

시를 이해하지 못하는 것을 독자의 탓으로만 돌려야 할까? 시를 이해하지 못하는 읽기 능력을 탓해야 할까? 시 공부를 하지 않고 시를 읽는 게으른 독자 탓으로 돌려야 할까? 국어국문학을 전공한 필자는 대학 시절에 작가론, 스타일론, 작품론 등을 배우며, 작가와 작품을 공부했다. 하지만 지금 거의 모두 잊어버렸고, 특정한 몇 명의 시인에 대해서만 개괄적으로 기억한다. 그 때문인지 국문학 전공을 한 필자도 오늘날 범람하는 많은 시를 이해하지 못한다.

시를 이해하는 데는 그 시를 쓸 당시 작가의 배경을 아는 것도 중요한 부분을 차지한다. 그런데 불특정한 작가의 작품을, 불특정한 시간에, 불특정한 매체로 접하게 될 때, 그 작가의 시적 배경을 알기란 어렵다. 그렇다면 시는 독자가 이해할 수 있는 정도로 써야 하지 않을까? 시만 읽어도 이해를 할 수 있어야 하지 않을까? 그래야 독자는 공감하고 감동하게 되는 것이 아닐까? 그런데 독자는 전혀 알 수도 이해할 수도 없는 기호와 같은 시를 써놓고, 자신의 시를 이해하지 못하는 것은 자신의 시를 공부하지 않은 독자 탓이라고 말할 수 있을까? 바쁘게 돌아가는 이 시대에서 알지도 모르는, 알 수도 없는 작가를 공부해서 시를 읽어라? 말이 되지 않는 소리다.

시는 짧은 글로 독자의 감성을 자극한다. 많은 현대인은 책을 잘 읽지 않는다고 한다. 특히 산문으로 된 긴 글 읽기를 싫어한다. 그런 의미에서 본다면 짧은 글인 시가 독자의 감성을 자극하기에 적합하다. 그런데도 시가 독자에게 선뜻 다가서기 어려운 이유는 시가 어렵기 때문이다. 그렇다면 쉬운 시를 쓰면 되지 않을까? 여기서 아이러니가 발생한다. 쉬운 시는 가볍게 여기며 문학성이 없다는 편견이 있어 가치 절하당하기 일쑤다. 시는 낯설게 하기가 생명인데, 시가 쉬우면 낯설게 하기란 시의 특성에 맞지 않으며 좋은 시가 아니라고 말한다. 쉬운 시는 유행가 가사처럼 통속적인 것으로, 식상한 것으로 인식한다. 과연 그런가? 쉬운 시는 낯설게 하기가 되지 않으며, 어렵고 이해하지 못하는 시만이 낯설음을 갖는 것인가?

필자는 유행가 가사를 한번 써보려 시도해본 적이 있다. 김이나 씨의 '작사법'이란 책을 읽고 작사를 해보려 했는데, 유행가 가사 쓰기가 더 어려웠다. 그리고 유행가라고 평가절하하는 것이 얼마나 잘못되었는지를 느끼게 되었다. 유행가 가사 중에도 시보다 더 날카로운 사유가 있음을 곳곳에서 발견했다.

시는 쉬워야 한다. 그리고 독자들이 한두 번 정도 읽으면, 이해가 가능할 정도의 수준이 되어야 한다는 것이 필자의 생각이다. 어쩌면 통속적이지 않은 표현으로 쉬운 시 쓰기가 훨씬 더 어렵다. 개인적인 생각으로는 어려운 시를, 독자가 이해하지 못하는 시를 쓰는 시인은 필력이 달려서 쉽게 시를 쓰지 못하는 것은 아닐까 의심한다. 시를 지도한 적이 여러 번 있었다. 초보자일수록 관념적으로 시를 쓰는 경향이 있음을 느꼈다. 선명하지 않은 이미지를 표현하니 시가 어려울 수밖에 없게 된다. 물론 그렇지 않은 경우도 많다. 예전엔 필자도 문학성을 이야기하면서 어려운 시를 썼다. 그것이 가치가 있는 것으로 생각했다. 물론 그것도 문학의 한 축임이 틀림없다. 하지만 생각이 바뀌었다. 독자가 이해하지 못하는 시는 살아남을 수 없다고 생각한 것이다. 그래서 쉬운 시를 통속적이지 않은 표현으로 쓰고자 노력했고, 지금도 노력하고 있다. 그것이 더 어려웠다.

그러다 내가 쓴 시에 대해 약간의 감상을 덧붙이면 어떨까? 하는 생각에 이르렀다. 그러면 독자가 좀더 쉽게 시에 접근할 수 있지 않을까? 시는 무한한 매력을 가지고 있는 문학이다. 시가 어려워 접근할 생각조차 하지 않는 독자에게 시는 재미있는 것이라는 메시지를 주고 싶었다. 그래서 이 책에는 시와 감상을 함께 적었다. 한 편의 시에 대해 그 시에 대한 감상 혹은 시를 쓰게 된 시작 NOTE를 함께 적었다. 쉽게 시를 이해하고 다가설 수 있게 하자는 것, 그것이 이 책을 쓴 이유이다.

이 책은 1, 2부로 나누어져 있다. 1부는 살아오면서 쓴 글이며, 2부는 창원과 진영 사이에 있는 자여 마을에서 3개월간 생활하며 적은 글이다.

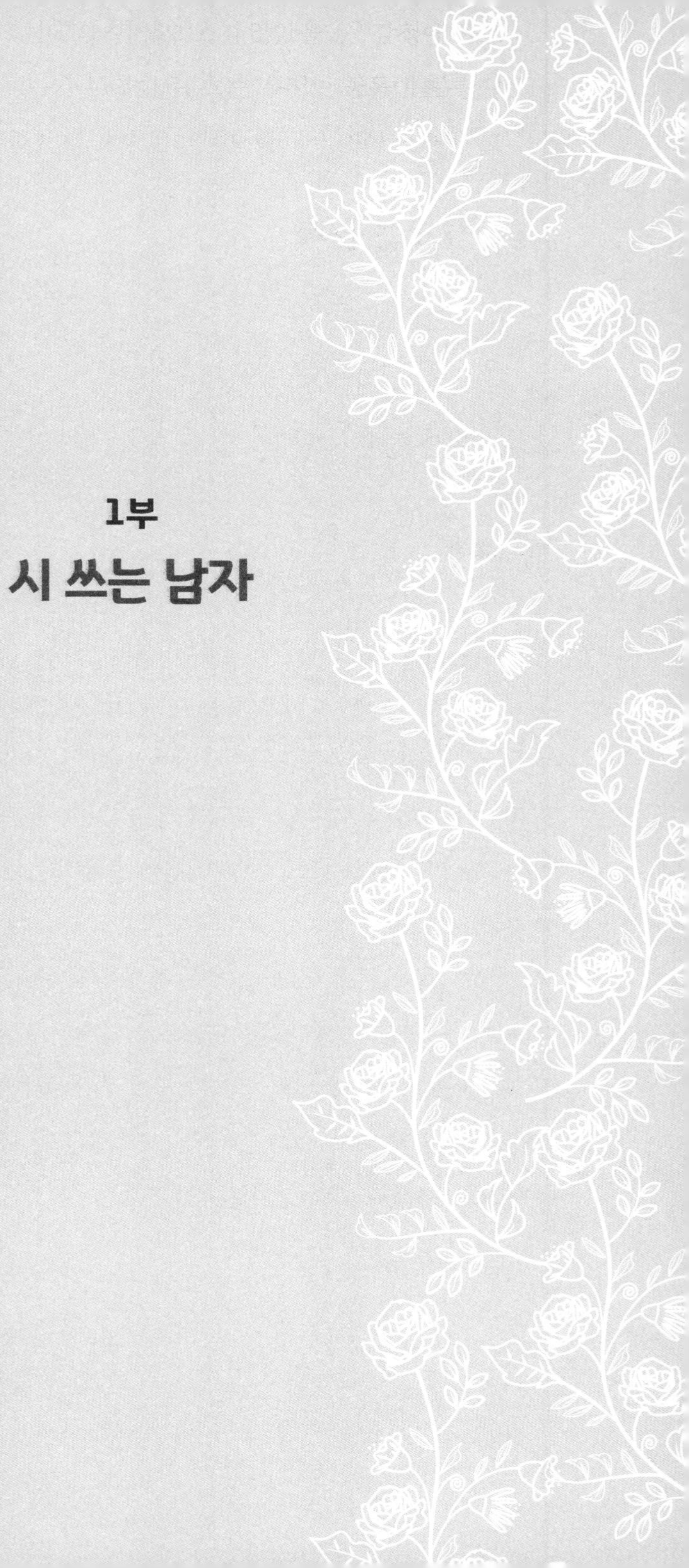

1부
시 쓰는 남자

1부. 시 쓰는 남자

1장. 비를 사랑한 시인

*비의 소곡

어쩌다 시를 쓰는 남자가 되었다. 어릴 때부터 시가 좋았다. 글쓰기를 좋아했지만 산문은 너무 높은 산처럼 느껴졌다. 우선 그 분량이 엄두가 나지 않았다. 특히 소설을 쓰는 사람은 위대해 보였으며, 난 죽었다 깨어나도 소설은 쓸 수 없을 것 같았다. 하지만 시는 짧아서 좋았다. 작은 그릇 속에 큰 의미를 담을 수 있다는 것이 마음에 들어 시를 쓰기 시작했다. 하지만 시를 쓰는 것도 쉬운 일은 아니었다. 내 맘대로 쓰고 싶은 글을 쓰니, 그것은 사랑 타령이나 일상의 푸념 정도밖에 되지 않았다. '그래! 다른 사람은 어떻게 시를 쓰는지 한번 읽어보자.'라는 생각이 들어 집 책꽂이에 꽂혀 있던 세계문학전집 속의 시 부분을 꺼내어 읽기 시작했다. 하지만 이것도 너무 어려워 무슨 말을 하는지 도통 이해가 되지 않았다.

그런데 마음에 와닿는 시가 있었다. 그것은 하이네의 시였는데, 그 중에서도 "서정소곡"이 너무 좋았다. '그래! 시는 이렇게 써야 하는 거야.'라는 생각을 하며 하이네의 시를 읽기 시작했다. 시의 맛을 시식하고 나자 태어나서 처음으로 시집을 사서 읽어보았는데 그 시집은 괴테의 시집이었다. 괴테의 명성은 익히 들은 터라서 괴테처럼 시를 쓰면 나도 시를 잘 쓰는 사람으로 인정받는다고 생각했다. 하지만 너무 어려웠다. 아마도 해석한 사람의 역량이 그 정도밖에 되지 않았던지, 괴테의 시를 이해하기에는 내가 너무 어렸던지, 하여튼 그때 내 나이는 열일곱 살이었다. 다음의 시는 하이네의 서정소곡에서 힌트를 얻어 비의 소곡이라 이름 지었다. 비는 나에게 시만큼이나 소중한 것이었기에.

비의 소곡

1. 눈물 꽃이 피고

비는 그리움이다.
말라버린 연못의 물고기처럼
바싹 마른 몸을 하고
비를 그리워한다.

비가 내릴 때도
비를 그리워한다.
비는 항상 욕심껏 내리지 않아
아쉬움을 남게 하고
그 아쉬움은 그리움과
선이 닿아 있다.

비가 내리면
마른 혈관 가득 비가 스며
온몸은 그리움으로
팽팽해진다.

비가 그치는 순간부터
출혈이 시작된다.
눈으로 분출되는 눈물
얼굴 가득 눈물 꽃이 핀다.

2. 장미꽃이 피고

장미에도 혈관이 있어
혈관 가득 그리움이 돌고
피 흐를 때마다
장미꽃이 피어난다.

빨간 피를 흘리면
빨간 장미가 피고
하얀 피를 흘리면
하얀 장미가 피고
두 가지가 흐르다 섞이면
노란 장미가 핀다.

3. 장미의 눈물

그대를 장미로 생각했기에
가슴에선 끝없이 장미가 피어나고
한 송이가 필 때마다
가슴은 불에 타고

그 뜨거움을 빗물로 식히면

꽃이 핀 채로

한 송이씩 화인이 찍혀

가슴의 바닷가는

화인의 바위로 눈물짓고

4. 당신의 연인인 나의 사랑에게

그대는 가까이 있어

그대에게 가려 하면

우주의 미로를

몇 바퀴나 돌아도

그대에게 가지 못하고

내 가슴에 각인된

장미의 향기는

언제나 그리움으로만

배어나고

비 오는 어느 날

길을 가다 문득

비에 젖은 장미꽃을 보거든
나를 위해 한 송이만 꺾어

당신의 연인인
나의 사랑에게 전해주세요.

*비의새와 소녀의 사랑 이야기

비를 좋아했다. 초등학교 2, 3학년 때쯤 되었을 것으로 생각한다. 그때도 지금처럼 아침에 비가 오지 않다가 하교할 때쯤 비가 내리는 날이 간혹 있었다. 다른 엄마들은 우산을 들고 학교로 찾아오곤 했지만, 장사했던 어머니는 결코 우산을 들고 오는 일이 없었다. 비가 그치기를 기다렸다가 그치지 않으면 그대로 비를 맞고 집으로 돌아오곤 했다. 그러던 어느 날, 비를 맞고 돌아오는데 그렇게 빗물이 시원할 수가 없었다. '어차피 내리는 비라면, 싫어하지 말고 좋아하자. 내가 싫어한다고 해서 내려야할 비가 내리지 않는 것이 아니다.'라는 생각이 들어 비 내 내리는 것을 피하지 않고 즐기기로 했다. 비를 맞으며 두 팔을 벌려 만세를 불렀다. 그날이 내가 비를 좋아한 기억의 처음이다.

그다음부터는 막연하게 그저 비가 좋았다. 중학교 시절, 수업하는데 비가 내렸다. 쉬는 시간을 기다려 비를 맞으며 교정을 걸었다. 그 비에 젖은 교정이 지금도 어렴풋이 기억에 남아있다. 그러다 감수성의 정점을 찍었던 고등학교 시절, 비가 내리면 집에 있다가도 비를 맞으러 나갔다. 빗소리는 어떤 노래보다 내 몸의 세포들을 들뜨게 했다. 빗소리를 듣고 싶을 때 언제나 들을 수 있게, 비가 퍼붓던 어느 날 빗소리를 녹음하기도 했다. 그만큼 비를 좋아했다. 그 당시 "비에 젖은 비둘기가 서러웁게 우네요."라는 가사의 노래가 있었다. 그 노래를 듣고 비에 젖은 새를 상상했다. 그리고 '비의새'라는 말을 만들고 그것에 나를 감정이입했다. 그리고 "나에게 있어 비를 거부해야 할 아무런 이유가 없다."라는 말을 하며 돌아다녔다. 비는 내 것이라고 선언했다. 그리고 지금도 비는 내 것이다.

비의새와 소녀의 사랑 이야기

세상에서 비는 자기 것이라고
이야기한 사람이 있을까요.
세상에서 하늘이 자기 것이라고
이야기한 사람이 있을까요.

한 소녀는 오래전부터
비는 자기 거라고 혼자 우겼습니다.

자기 허락 없인 비를 맞으면 안 된다고
말도 되지 않는 주장을 하곤 했지요.

그 소년 같은 소녀가 한 명 있더군요.
하늘이 자기 것이라고 우기는
아주 귀여운 소녀가
원래 하늘은 너무나 아름다운 색깔이었는데
자기가 푸른 천을 쳐버려 다른 사람은
아름다운 색깔을 보지 못하고
파란 하늘만 보게 된다는

그 소녀는 소년에게
비 맞는 것을 허락해 주면
하늘에 가린 파란 천을 조금만 벗겨
소년에게만 하늘의 아름다움을
보여 주겠다는 제안을 했어요.

소년은 소녀에게 비 맞는 것을 허락해 주었지요.
소녀도 소년에게 파란 천을 벗겨
하늘을 보여 주었지요.
그런데 소녀는 비를 맞은 후

눈물만 흘리게 되었고
소년도 하늘을 본 후
눈물만 흘리게 되었습니다.
그 이유를 그때는
소년도 소녀도 몰랐습니다.

비가 올 때 자세히 들어보면
비의새 울음소리가 들리고
파란 하늘을 자세히 보면
소녀의 하얀 손이 보일 거예요.

비 오다 그친 파란 하늘에는
가끔 소년이 본 아름다운 색깔이
아주 약간 보이곤 합니다.
그것을 사람들은 무지개라 부릅니다.

세월이 많이 흐른 후
소년이 어른이 되었을 때
비로소 알게 되었습니다.
비와 푸른 하늘은 함께 할 수 없다는 것을.

*연필이 볼펜으로 바뀔 때

고등학교 올라갈 때의 성적은 상위권이었지만, 고1 2학기 때부터는 공부를 열심히 하지 않았고 글만 많이 썼다. 많은 방황을 한 고등학교 시절 쓴 글이 대학노트로 치면 거의 500~600페이지 정도 될 거로 생각한다. 하지만 그 글은 지금 남아 있지 않다.

그 당시 우리 집 바로 옆에는 외삼촌이 살았다. 그때 외숙모와도 정이 많이 들었다. 외숙모는 서울 사람으로 교회에 다녔고 내가 많이 따랐던 분이었다. 그 당시 아버지는 혈압이 높아 두 번이나 쓰러졌고, 그때마다 외숙모가 아버지의 목덜미를 안마해주던 기억도 난다. 당시 외숙모는 30대 초반으로 예쁜 새댁이었다. 외숙모의 둘째 딸, 이름이 현경이었다. 태어나면서부터 병을 앓고 있었는데, 나이를 먹어도 자라지 않는 병으로 기억된다. 외삼촌 부부는 현경이를 고치기 위해 큰 노력을 했지만 결국 회복하지 못하고 죽고 말았다. 현경이를 참 많이 안아주었다. 현경이를 안고 흔들며

"맑은 공기 마시며 좋아하는 현경이 우리 현경이."

라고 노래를 만들어 들려주기도 했다. 그러면 현경이는 얼굴에 가득 웃음이 번지며 좋아했다. 그 느낌을 잊을 수가 없다.

현경이 때문이 아니라, 질풍노도의 시기였던 그때, 특히 감수성이 예민했던 나는 모든 일에 민감하게 반응했다. 처음으로 술을 마신 것도 그즈음으로 기억된다. 울산에는 임진왜란 시절 축조한 왜성인 학

성공원이 있다. 그 공원 올라가는 계단에 앉아 새우깡 한 봉지를 안주로 25도였던 소주를 혼자 마셨다. 그리고 마신 모든 것을 올렸다. 그 몽롱한 기분과 속 쓰림을 생각하면 아직도 몸속 내장 어딘가가 아릿하다. 술을 마신 그 이후부터, 나의 아픔들은 볼펜으로 쓴 사연이 되었다. 지우개로는 절대 지워지지 않는, 아직 선명하게 남아있는.

연 feel

태어나 처음으로 잡는
필기구.

무엇이든 그릴 수 있고
무엇이든 쓸 수 있고

실수하면
머리에 지우개로
지울 수 있어 좋다.

처음엔 날카롭지만
쓸수록 무뎌짐이 좋다.

볼펜을 쓰고부터
실수하면
되돌릴 수 없다.

*내 친구 재영이

고등학교 1학년 때 발자크의 '골짜기의 백합'을 읽었다. 여주인공 이름이 아직도 기억에 남는다. '앙리에뜨'. 감수성이 예민할 때 읽은 글이라 그 글을 읽고 막연하게 아름다운 사랑을 동경했다. 나와 짝지였던 김재영이란 친구가 있었다. 내가 앙리에뜨를 동경했던 것처럼 그는 소설 '춘희'의 여주인공 '마르그리뜨 고띠에'를 동경했다. 그리고 우리는 소설 '춘희'에 나오는 또 다른 소설 '마농레스꼬'를 함께 읽었다. 그때의 사랑은 아름다움 자체였고, 아무리 큰 슬픔이 몰려오더라도 절실한 사랑을 한번 해보고 싶다는 꿈을 꾸었다. 그리고 시를 썼다. 절실한 사랑이란 소설 속에서만 존재한 것이었는지, 슬픈 사랑만이 아름답게 느껴졌는지, 그와 나는 소설 속에 나오는 그런 슬픈 사랑은 해보지 못했다. 고등학교 졸업식 날. 재영이와 함께 붉은 천막으로 만든 포장마차에서 취하도록 술을 마셨다. 슬픔은 다른 곳에서 밀려왔다.

그가 스물의 나이로 죽은 것이다. 대학 1학년이 끝나갈 즈음의 겨울이었다. 대학생활도 재미가 없고 원인을 알지 못하는 무력감과 우울감에 빠져 기도원으로 향했다. 언양 부근의 감림산 기도원, 그곳을 가는 길에 언양에 사는 고등학교 때 친한 친구였던 재영이를 찾았다. 그는 대학교에 떨어져서 재수하고 있었는데, 그를 만난 날은 아주 날씨가 추웠다. 그의 집으로 들어가니 불도 피우지 않고 혼자 있었다. 둘은 오랜만에 만나 소주를 마시며 옛날이야기를 했다. 그것이 그를 본 마지막이었다. 감람산 기도원에서도 내 생각은 정리가 되지 않았다.

얼마 후 재영이가 자살했다는 소식을 들었다. 언양 반천에서 주검으로 발견되었는데 그의 삼촌이 발견했다고 한다. 그가 죽고 장례를 치르고 난 후 얼마 뒤에 소식을 듣고 그의 집을 찾았다. 그는 아버지가 없이 어머니의 손에서 자란 외동아들이었다. 그가 죽고 난 후 그의 집을 찾아가 어머니와 함께 많이 울었다. 그리고 다시는 그 집을 찾아가지 못했다. 나를 보면 어머니께서는 아들이 생각나 너무 슬퍼하실 것 같아서였다. 이 시는 재영이의 죽음을 생각하며 적은 글이다. 재영이와 그 추운 방에서 나눈 사연들, 그날을 생각하면 불현듯 그는 부활을 꿈꾸었는지도 모른다는 생각을 했다.

부활의 숫자 5

3444
3학년 4반 44번
고등학교 때 짝지였고
4란 숫자에 무거운 의미를 부여한 친구.

나름의 생활에 절룩이며
언양 감림산기도원 가는 길에 그를 찾았다.

재수하는 방엔 온기가 차단되었고
닫힌 창, 사선으로 굴절되던 빛만이
생기의 전부였다.
이불을 목까지 올리고 앉더라도
얼굴이 시린 겨울 방에서
벌벌 떨며 우리는 소주를 나발 불었다.

3대 독자인 그는 불완전한 순수의
선명한 이미지를 사랑했다.
순수 속에서의 불순이 아닌
춘희의 "마르그리뜨 고띠에"와 같은

불순 속에서의 순수를.

문틈으로 새어 오는 바람이 차가웠다.
흑백 T.V가 흔들리며 지지' 그렸다.
모든 책은 거꾸로 꽂혀 있었는데
단지 바르게 꼽힌 책은
죽음에 대한 연구'

언양을 가로질러 흐르는 강변에서
실종 3일째 되는 날.
그는 자살한 주검으로 발견되었다.
강둑에는 유품으로 보이는 작은 수첩이 있었고
44444
5개의 4가 메모 되어 있었다.
4(죽음) +1, 5를 난 부활의 숫자라 생각하게 되었다.

*노란 장미

세 명의 남자와 한 명의 여자가 있었다. 세 명의 남자는 어릴 때부터 한동네에서 자란 친한 친구였다. 어느 날 한 여자가 세 명의 남자들에게 다가왔고, 그녀는 그 남자들의 프리마돈나가 되었다. 대학 시절을 이야기하면서 그 친구들을 빼고 이야기할 수는 없다. 내 인생에 큰 의미였던 사람들이었기에. 두 명의 남자 친구는 서울에서 학교에 다녔고, 난 울산에서, 그녀는 부산에 있는 대학교에 다녔다. 두 명의 친구들은 방학 때만 볼 수 있었고, 우리의 프리마돈나는 울산에서 가끔 만날 수 있었다. 대학에 올라갔어도 시를 썼던 나는 가람 문학회란 문학동아리에 가입해 활동하고 있었다. 2학년 가을 시화전에 그녀가 노란 장미를 들고 와서 내 시에 꽂아주었다. 그때부터 난 노란 장미를 좋아하게 되었다. 그리고 3학년 봄, 축제 때 그녀와 벚꽃이 떨어지는 주촌에서 함께 술을 마셨다. 지금 생각하면 그 밤의 분위기는 트윈폴리오의 "축제의 노래"와 잘 맞았다고 느꼈다. 돌아갈 수 없어 더욱 그리운 아름다운 청춘의 날들이었다. 그녀가 내 시에 꽂아 준 노란 장미는 시들었지만, 그 향기는 여전히 남아있다. 지금 생각하면 노란 장미는 시들면서 추억의 꽃씨를 내 마음에 심어주었다.

노란 장미

술병엔 노란 장미 한 송이가
담겨 있어
술을 따르면
꽃잎이 흘러나와 고인다.

한 잔을 마시면
하나의 가시에 찔리고

한 병을 비우면
노란 장미 한 송이는
가슴에서 피어난다.

그대를 알고 난 후로
하루에 한 병씩
마신 술에

가슴은 온통
노란 꽃 천지

아슴아슴 피어오른
노란 향기에
언제나 그대 이름
노란 장미여.

*폭우 속에서

대학 시절에도 여전히 난 감수성이 예민했고, 비 오는 날이면 태화강변에서 소주를 마셨다. 3학년 여름 방학 때 자동차 협력업체에서 아르바이트를 했다. 그때 낚시를 좋아했던 4학년 한 사람과 함께 했는데, 둘은 일을 끝내고 시내의 한양구이란 술집에서 술을 마시곤 했다. 그 집의 별미는 꽁치구이였고, 특이한 점은 주전자에 소주를 넣고 오이를 채 설어 넣어준 것이다. 오이의 신선한 맛이 소주의 냄새를 희석해주었기에 소주 맛이 아주 좋았다. 20일간의 아르바이트를 마치고 받은 돈으로 그는 낚시 장비를 샀다.

태풍이 부는 어느 날, 그날은 몸서리치게 비가 내렸다. 어떤 여자에게서 온 전화 한 통을 받았다.
“윤창영 학생 맞나요?”

"예 제가 윤창영입니다."

"김00 알아요? 수첩에 이름이 적혀 있어 전화했어요. 김00이 어제 낚시 갔다가 물에 빠져 죽었습니다."

기가 막히는 일이었다. 그렇게 친한 사이는 아니었지만 그래도 함께 일을 하고 함께 술을 마셨는데. 인생이 허무하게 느껴졌다. 그 친구의 장례식장을 가다가 폭우로 길이 끊겨버려 갈 수가 없었다. 집을 나선 내 온몸이 비로 젖었다. 그 이후 비 오는 날이면 많은 날을 태화강변을 찾아가 그 친구를 생각하며 소주를 마셨다. 그 당시 나도 많이 방황하던 시기였는데, 친구의 죽음과 겹치면서 아픔은 배가 되었다.

방황하는 강

떨리는 가슴은 땅을 치며
떨어져 내린
태화강변에서 통곡한다.

두 개비의 담배를 문 자동차는
별 없는 밤을 돌고

연인들의 향기론 속삭임과

술 취한 이의 노래가 비틀거리는
태화강변에서

왜 가슴을 움켜쥐고 울어야 하는가.

강바닥에 내린 불빛은
기다란 손가락으로
나를 비웃는데

다리 위 불빛이
강에 내려 비틀거리는
이 강변에서

소주병을 나발 불며
어찌하라고
밤을 할퀴어대는가?

*푸른 이슬에게

대학 시절 '가람문학회'란 동아리에 들어가 시를 썼다. 치열하게 시 토론을 하기도 하고 동아리 방에서 술도 많이 마셨다. 그 시절 아침 일찍 가지 않으면 도서관 자리 잡기가 힘들어 동아리 방에서 아예 먹고 자고 한 시기도 있었다. 낮에 수업을 듣고 도서관에 가서 취직 공부를 하고 밤이면 동아리 방으로 와서 술을 마시고 잠을 잤다. 밤이면 언제나 술 고픈 동아리 회원들이 방으로 찾아왔고, 호주머니에 돈이 있는 회원들이 막걸리나 소주, 안주로 쥐포를 사 왔다. 그리고 고민을 이야기하고 시를 이야기하고 미래를 이야기했다.

그 당시 신입생인 키가 작은 여학생 하나가 있었다. 눈이 동그랗게 예뻐 푸른 이슬이라고 별명을 붙여주었다. 그 후배는 내가 도서관 자리를 비운 사이 음료수를 사다가 내 자리에 갖다 놓곤 했다. 나이가 든 지금, 순수한 그 후배 푸른 이슬이 가끔 생각난다. 이 시는 그 아이에게 준 시이다.

푸른 이슬에게

푸른 이슬아
개구리는 우산이 없단다.

비가 슬프게 내려
하얀 가슴 적시면
개구리는 냇가에서
마냥 울기만 한단다.

푸른 이슬아
개구리는 비만 오면 운단다.
비는 피를 데워
가슴을 덥게 하고
하얀 가슴 개구리는
타는 가슴 식히려
우는 거란다.

푸른 이슬아
비가 오면 나도 운단다.
슬픈 빛에 피가 더워
나도 운단다.

*비와 시와 술

술을 좋아했다. 서정주의 자화상에 나오는 "나를 키운 건 팔 할이 바람이다."라는 구절이 있듯이 나를 키운 건 8할이 술이었다. 고1 때부터 마시기 시작한 술은 대학에 가서 더 심해졌으며, 군대에서도 결혼해서도 마찬가지였다. 내가 술을 끊은 것은 지금부터 4년 전이다. 처음엔 술이 좋아 술을 마셨지만, 어느 정도 지나자 술이 나를 마셔버렸다. 술이 내 인생을 취하게 했다. 대학 시절 난 참 감성적이었다. 그 당시 좋아했던 시는 조지훈의 "사모", 이형기의 "낙화", 조병화의 "이렇게 될 줄을 알면서도", 정공채의 "선생님 비에 젖읍시다.", 김남조의 "가난한 이름에게"등이다. 이런 시를 좋아하다 보니 내시도 감성적으로 될 수밖에 없었다. 술은 감성에 불을 붙였다. 그것이 나로 규정했다. 은밀히 말하면 비와 술이 내시라고 규정했다. 그러다 보니 내 시의 반 이상이 비와 술에 관한 것이다. 술은 사람과의 사이에 윤활유 역할을 해주었고, 고독한 마음에 위안을 주었다.

하지만 술로 하여 잃어버리는 것이 너무 많았다. 술에 빠져있는 동안 아이들이 커버렸으며, 술값으로 쓴 돈으로 하여 가정경제가 어렵게 되었다. 그래서 술을 끊었다. 아버지의 유언이 금주였고, 더 이상 취한 눈으로 인생을 운전하기 어렵다는 생각이 들었다. 혈압도 높아졌다. 더 이상 술을 마시다가는 너무 잃어버릴 것이 많을 것 같았다.

술을 끊으니 세상이 달라 보였다. 그리고 시를 쓸 시간이 더 많아졌다. 아쉬운 점은 관계의 단절이다. 이제껏 나와 친한 사람들은 대부분이 술친구였다. 술을 마시지 않으니 친구들과 단절되었다. 하지만 후회하지는 않는다. 앞으로 좋아하는 시를 더 많이 쓸 수 있는 시간을, 술 때문에 하지 못했던 재미있는 일을 할 시간을 더 많이 가지게 되었기 때문이다.

'비 오는 날 술 마시고 싶다'의 시적 표현

비가 내리니 주전 바닷가
비에 젖은 몽돌이 생각난다.

오렌지색 파스텔로
동그랗게 그려주는 가로등 아래
여름 한밤,
온통 젖은 몸으로 보낸 적이 있다.

그곳엔 바다가 없었다.
그곳엔 하늘이 없었다.

'바늘하다[1]'만 있었을 뿐

바다와 하늘이 한 몸으로 엉켜
아침을 낳으려 쾌락에 젖어 있을 때
나는
'바늘'에 찔려 신음'하다'
였다.

빈 잔에 비가 반쯤 고이면
술로 채워 마셨다.
어느새 몸은 비와 술이
반반씩 고여지고 있었다.

젖는다는 건 좋은 거라고 느꼈다.

몸에서 피가 넘쳐나도
눈물인지 알 수 없었으니,

---

1) 이 시를 김태수 시인에게 보여준 적이 있다. 그때 김 시인이 나에게 물었다."바늘하다"가 뭐야? "바늘은 바다의 첫 자와 하늘의 두 번째 글자이며, 하다는 하늘의 첫 자와 바다의 두 번째 자입니다."라는 답변을 해주었다. 즉 하늘과 바다가 서로 섞였다는 것을 의미하는 시적 장치이다. 비 내리는 바다에 가면 바다와 하늘이 경계가 없다. 바늘하다는 하늘과 바다가 경계가 없이 뒤섞인 것을 의미한다. 그것은 비와 술이 경계가 없는 것과 같다. 즉 아픔과 일상의 경계가 없어지며, 비 내리는 바다에서 술을 마시면 아픔은 그만큼 희석되어진다.

피가 모두 넘쳐 나와
혈관엔 비와 술이 반반씩 차 있었다.

비가 내리는 오늘
다시 내 혈관은 반쯤 비로 채워지고
술이 들어오기를 기다리고 있다.

***망치로 가슴에 못을 치는 빗소리**

2005년 중국에서 못을 수입하여 판매한 적이 있었다. KCC를 그만두고 글쓰기와 돈을 함께 벌고자 시작했던 논술학원이 생각보다 잘 안 되었다. 그래서 중국에 대해 많이 알고 있던 지인의 권유로 함께 못을 수입하여 팔았다. 하지만 자금 없이 시작한 일이 제대로 되지 않아 있는 돈마저 다 날리고 신용불량자로 전락했다. 아이들은 커 가는데 두 번이나 사업에 실패하여 절망했다. 그때 집에 가는데 포장으로 된 창고가 보였다. 몹시 비가 내렸고, 난 소주를 들고 그 안으로 들어가 술을 마시며 빗소리를 들었다. 그때 떨어지던 빗소리는 가슴에 망치로 못을 치는 소리로 들렸다. 그만큼 아파하며 쓴 시이다.

비. 소. 리

어느 허름한 주차장 안
주인도 가버린 밤늦은 밤
간이 천막 안에서 소주를 마셨다.

천막 안에는 나무 팔레트와 종이상자가
폐기된 채로 방치되어 있었고
천막 사이로 비집고 들어온 가로등 불빛 옆에
자신도 방치되어 있었다.

어울리지 않게도 생각난 박인환의 목마와 숙녀
아직껏 내용을 이해하지 못한 채
낭만적으로 기억되는 구절들을 되뇌며
비를 마셨다.

미치도록 천막을 때렸어도
비는 천막을 뚫지 못했다.
미치도록 마신 술이
가슴을 달래지 못한 것처럼,

가슴에 망치로 못을 치는 비. 소. 리
이제는 가슴에서 피조차 흐르지 않았다.

*카페 <비의 나라 1번지>

무척 비를 좋아했다. 세상에서 비가 제일 많은 곳을 찾아 그곳으로 이민 가서 살고 싶었다. 온종일 비가 내리는 곳, 그런 나라에 가서 빗속에서 살고 싶었다. 실제 비가 많이 내리는 곳을 찾아본 적이 있다. 영국도 비가 많이 오지만 영국보다 더 많은 비가 오는 곳이 인도의 체라푼지라고 한다. 체라푼지는 벵골만에서 불어오는 습한 바람이 히말라야산맥에 부딪히면서 기온이 낮아져 많은 비를 뿌린다고 하는데, 1년 강수량이 1만 밀리가 넘는다고 한다. 언젠가 그곳에 꼭 가보고 싶다. 형편이 된다면 아예 눌러 붙어 살 수도 있다.

요즈음 백수생활을 한다. 무엇을 할까 고민을 하다가 카페를 하면 좋겠다는 생각도 해보았다. 비는 내 것이라고 선언했기에 내가 위치한 곳이 곧 비의 나라 1번지가 된다. 아직 열지는 않았지만, 나의 또 하나의 로망이다.

카페 <비의 나라 1번지>

비 오는 날이면 생각나는
카페를 하나 만들고 싶다.

카페 이름은
〈비의 나라 1번지〉

"비를 사랑합니다."

이렇게 말하면 10% D/C
비 오는 날은 50% D/C

할인된 금액만큼
그대 외로움의 질량을
가볍게 했습니다.

비를 사랑하는 사람은 외로운 사람이다.
별을 보면 빛이 담기고
비를 보면 눈물이 담긴다.

할인된 금액만큼

외로운 마음 위로받게 되기를.

*시와 비의별에 사는 시인

상상이다. 비를 좋아하다 보니 비만 내리는 나라는 없을까 생각해보았다. 지구에는 그런 나라가 없었다. 그렇다면 우주에는 비만 내리는 별은 없을까 하는 상상에 이르게 되었다. 그것은 누구도 알 수 없는 일이다. 비만 내리는 별이 있다는 것을 검증할 수 없고, 없다는 것도 검증할 수 없으니 일단은 있다는 전제를 한다. 그 별에는 사람이 살까? 과학적으로 따진다면 시적 상상력은 의미가 없어진다. 일단은 있다는 전제를 한다. 그리고 그 사람을 시인으로 설정한다. 비만 내리는 별에 혼자 사는 시인은 얼마나 외로울까?

비가 내리고 외로울 때, 그 시인이 생각난다. 비의 주파수는 하나라서 그 시인에게 안부를 묻는다. 어쩌면 그 별은 나의 내면에 있는 별인지도 모른다. 내가 그렇듯 누구나 자신의 별이 내면에 있을 것이며, 내면의 자기와 끊임없이 소통을 하고 있으리라.

어쩌면 생각, 그 자체가 내면의 자기와 이야기하는 것 아닐까? 나는 비를 좋아한다. 그래서 비의별을 상상하고, 비가 내리는 날은 비의별에 사는 시인과 많은 이야기를 하며, 시를 쓴다. 그의 슬픔, 그의 아픔을 위로해 주며, 그에게서 위로를 받는다.

"그대는 우주에 어떤 별을 가지고 있나요? 없다면, 이번 기회에 별 하나 장만해보지 않으실래요? 그대만의 아름다운 별을."

시와 비의별에 사는 시인

1. 비의별

지구에서 100광년쯤 떨어진 우주에 비의별이 있습니다.
사랑의 슬픔에 흘린 눈물은 우주로 증발해
비의별에 비로 내립니다.

지구엔 이별이 너무 많고
지구엔 아픔이 너무 많고
이별의 아픔이 눈물 되어
비의별은 언제나 비가 가득합니다.

비의별에는 꼭 한 사람 살고 있는데
그 사람은 시인입니다.

2. 비의별 시인

시인이 파릇한 새에 대한 시를 쓰면
초원 닮은 새가 생기고
시인이 향기로운 강에 대한 시를 쓰면
꽃을 닮은 강이 생깁니다.
시인이 외로움에 대한 시를 쓰면
강도 외로워하고 새도 외로워합니다.

시인이 어떤 것으로 시를 쓰던
비의별에서는 모두 비의 색뿐입니다.
나무도, 새도, 강도, 바다도, 외로움도

비의별에는 독자가 없습니다.
시인 한 사람이 시를 쓰고
시인 한 사람이 자신의 시를 읽을 뿐

3. 외로움의 주파수

외로움과 외로움의 주파수가 같듯이
비와 비의 주파수도 같습니다.

비의별에 사는 시인이 눈물을 흘리면
지구에는 비가 내립니다.

지구에 내려 유리창을 두드리는 빗소리는
먼 우주 비의별에 사는 시인이
자신의 시를 읽는 목소리입니다.

구슬프게 들리는 외로움의 시
가슴 절절히 울려 퍼지는 슬픔의 시
그 때문에 비가 오는 날
기도를 합니다.

나의 기도가 비의 주파수를 타고
외로움의 주파수를 타고

지구에서 한 100광년 떨어진

비의별에 사는 시인에게 달려가
그의 위로가 되길 기대하며.

*"싱싱비" 내리는 날

다른 일을 하지 않고 글만 쓰며 보낸 시간이 10개월가량 되었다. 좋은 말로는 전업 작가이고 나쁜 말로는 백수다. 아침에 일어나 태화강변을 거닐고, 그다음으로는 도서관을 가거나 근처 카페에 가서 글을 쓰는 것이 일과처럼 되었다. 그 때문에 우리 집 부근의 카페는 모두 알고 있다. 평소는 오토바이를 타고 집에서 약간 떨어진 반구동에 있는 파스쿠찌로 와서 글을 쓴다. 하지만 오늘은 비가 와서 오토바이를 타지 않고 우산을 들고 집 근처에 있는 스타벅스 카페로 왔다.

오늘 비는 아침을 씻어준다는 느낌을 받았다. 비를 가만히 관찰하면 여러 모습을 볼 수 있다. 장대처럼 내리는 장대비가 있는 반면, 안개처럼 내리는 안개비 등 수 많은 이름의 비가 있다. 이번 여름은 무척 더웠다. 그래서 모든 작물이 축 늘어져 있다. 오늘 내리는 비는 그런 작물들에 물을 주어 싱싱하게 만들어줄 것이다. 또한 더위에 지친 내 가슴도 씻어 싱싱하게 만들어 주리라. 그래서 오늘 내리는 비를 "싱싱비"라 이름 짓고 싶다. 비는 내 것이니 내 마음대로 이름 짓는 것을 이해하시라.

비에 씻긴 싱싱한 아침에

울산 아침 9시, 비 내리고
오렌지 불빛이 부드러운
복산동 스타벅스에 풍경으로 앉아있다.

버스 정류장 유리벽은 비어있다.
문도 없는 빈 곳에는 긴 의자만 하나.
유리를 적시는 실비.
스타벅스 유리벽 안에서
비 오는 밖을 보며
아이스 아메리카노를 마신다.
혀 위에 잠시 고였다가
목젖을 적시며 내려가
가슴에서 진한 갈색으로 퍼지는

향기는 상큼하다.

나와 버스 유리벽 사이 인도엔
우산을 들고 분주하게 걸어가는
까만 우산을 든 남자와

청바지에 청색 티를 입은 여자
버스 유리벽 너머 도로엔
비 맞으며 달리는 많은 차들.
뉴턴을 하며 지나가는 하얀 차
신호를 받고 좌회전을 하는 노란 차
비에 젖어 새까매진 아스팔트와
하얀 선과 노란선
도로를 가르는 분리화단 속의 꽃과 나무
도로 넘어
중세 성같이 우람한 아파트
우산에 묻은 비를 털며 들어오는 손님 둘.

비에 씻긴 모든 것이 싱싱하다.

2장. 남편, 아버지 그리고 시인

*사랑은 가슴에 꽃으로 못 치는 일

1990년 10월 19일, 가슴 설렘 설렘 하며 아내를 만났다. 그다음 해 우리는 결혼했다. 결혼할 당시 아내가 든 부케의 꽃만 보였다. 부케 속 손에 쥐고 있는 것이 못인 줄 몰랐다. 그것은 아내도 마찬가지였다. 살아보니 현실은 꽃만 있는 것이 아니더라. 꽃과 연결된 보이지 않는 줄기인 못도 있다는 걸 알겠더라.

결혼한 지 28년째. 서로 싸우기도 하고, 한때는 이혼을 들먹이며 서로의 가슴을 아프게 했다. 지나 보니 알겠더라. 사랑은 서로의 가슴에 꽃으로 못을 치는 일이라는 걸. 지나 보니 알겠더라. 서로 그토록 싸우고 아파한 것이 가슴에 박힌 못 때문이라는 걸. 보살피지 않으면 그 못은 쉬이 녹슬어 가슴에 염증을 생기게 한다는 걸.

꽃의 향기는 그냥 생기는 것이 아니다. 어두운 땅속의 자양분을 퍼 올려 꽃잎에 퍼지게 해야지만 향기가 난다. 사랑도 마찬가지다. 서로가 서로의 자양분이 되어줄 때, 서로의 가슴에 든 아픔을 꺼내어 어루만져 줄 때, 아름다운 사랑이 된다.

사랑이란 가슴에 꽃으로 못을 치는 일이다. 아픔을 향기로 만드는 일이다.

꽃으로 못 치는 일

사랑할 때 눈에는 꽃만 보인다.
결혼할 때 신부는 꽃을 들고
신랑은 그 꽃을 보지만

숨겨진 꽃가지는 못으로 되어있다.
결혼이란 서로의 가슴에 꽃으로
못을 치는 일이다.

다른 가슴으로 한 가슴이
흘러가지 못하게 고정하는
꽃으로 된 못.

가슴에 못 박혀
때로는 아프기도 하지만
꽃향기는 그 아픔까지 행복하게 한다.

가슴에 못이 박혀있어
염증이 생기기도 한다.
결혼이란 그 염증을 관리하는 일이다.

그렇지 않으면
가슴이 곪아 터지게 되고
꽃향기가 상처를 치유하지 못하게 된다.

사랑이란
가슴에 꽃으로 못치는 일이다.
아픔을 향기로 만드는 일이다.

***우리는 결혼했다.**

아내를 만난 것은 울산의 컬렉터라는 한 맥줏집이었다. 대학을 졸업하고 고려화학(지금 KCC로 회사 이름이 변경됨.)에 입사하였다. 그 당시 입사 동기였던 친구의 거래처가 현대강관(지금 현대 하이스코로 이름이 변경됨.)이었는데, 아내의 입사 동기와 미팅이 주선되었다. 당시 내가 맡은 일은 현대자동차에 도료를 공급하는 업무였는데, 긴급

물량이 많아서 약속 시각보다 한 시간이나 늦게 가게 되었다. 늦게 간 것이 미안해서 파란 풍차란 제과점에서 한 아름 빵을 사 들고 갔다. 그때 본 아내의 첫인상은 우리 어머니를 많이 닮았다는 것. 아내는 내가 빵을 한 아름 사 들고 온 것에 호감을 느꼈다고 한다. 아내는 그 당시 단발머리를 한 스물두 살의 예쁜 아가씨였다. 아내는 나와 파트너가 되었고, 그것이 우리 인연의 시작이었다. 서로 호감을 느끼고 만나기 시작하여, 1991년 6월 2일 우리는 결혼했다. 그리고 92년 9월 첫아들이 태어났고, 그다음 해 겨울 우리 부부는 새로 태어난 아들과 함께 첫눈을 맞이했다.

첫눈

93년 1월 13일 울산에 내린 첫눈을
사랑하는 아내에게 선물한다.

돌을 녹이는 용암도
이 눈만은 녹이지 못하게
소중한 그대 가슴에 꼭꼭 숨겨둔다.

더럽고 추한 모든 것에서

슬픔…. 슬픔까지

모두 이 눈으로 덮어
그대에게는
순결한 아름다움만 보게 하려고

*과녁

결혼을 하고 난 뒤, 많은 시행착오를 겪었다. 그중에 가장 큰 것이 회사생활 중의 상사들과의 갈등이었다. 갈등이란 두 세계가 부딪히는 것이다. 나의 경우 하나의 다른 세계가 흘러와 기존의 나의 세계와 부딪힌 경우이다. KCC의 인사 시스템은 진급하면 특별한 경우를 제외하고는 다른 부서로 전출을 한다. 그것이 많은 곳에서 다양한 경험을 해야 한다는 회사의 방침이었다. 그것은 많은 장점에도 불구하고 단점도 있었다. 나의 경우 집이 울산이라서 진급을 해도 다른 곳으로 전출되지 않았다. 또 다른 이유는 KCC의 가장 큰 거래처인 현대자동차를 내가 담당하고 있었기 때문이다. 매출이 큰 거래처에 담당자가 바뀌면 혼선으로 인한 업무 누수를 우려한 탓이다. 그렇기 때문에 나는 그 자리에 오래 있었던 반면 상사들은 한 번씩 바뀌곤 했다.

새로 온 상사들은 그의 세계를 가지고 왔다. 자신이 다른 곳에서 하던 업무 스타일을 가져와 내가 있는 부서에서 그대로 하려 했다. 내 부서는 그동안 해왔던 업무 패턴이 있었고, 상사들은 그 패턴을 무시하고 자신의 스타일을 고집하려 하니 서로 부딪히게 된 것이다. 또한, 자신이 이해하지 못하니 공부를 하기 위해 많은 자료를 요구했다. 퇴근도 못 하고 그 자료를 만들려고 하니 화가 났다. 울컥하는 성질이 있는 나는 상사들과 잦은 갈등을 했고 그 화를 참지 못해 술을 마셨다.

그때 내가 받은 스트레스는 가슴으로 쏘아대는 화살을 맞는 느낌이었다. 신혼집은 태화강변 부근에 있었다. 그리고 근처 태화강변에는 활을 쏘는 국궁장이 있었다. 가끔 강변에 앉아 과녁을 향해 활을 쏘는 것을 보곤 했는데, 그 화살이 꼭 나를 향해 쏘는 것 같았고 나는 과녁이 된 기분이었다. 화살을 맞고도 쓰러지지 못하는 과녁. 회사를 그만두고 싶었지만, 결혼하고 아이까지 둔 가장으로 그만두지도 못하고 스트레스 속에서 하루하루를 보냈다.

과녁

몸을 파는 창녀처럼
가슴을 풀어헤치고
밤보다 어둠이 먼저 찾아오는 강변에

과녁으로 서 있습니다.

사람들은 나의 붉은 심장을 향해
화살을 당깁니다.
화살이 날아와 박힙니다.
화살이 날아와 박힙니다.
화살이 박혀도 쓰러지지 못합니다.

박힌 화살을 사람들은 뽑아냅니다.
가슴에는 피가 흘러나옵니다.
사람들이 보지 못하는 피가
흘러내립니다.

상처 위에 또다시 화살이 날아와 박힙니다.
사람들은 또다시 뽑아냅니다.
너무 많은 상처 탓에
너무 많은 출혈 탓에
가슴은 구멍이 뚫린 곳도 있습니다.

왜, 화살 맞은 사슴처럼
피 흘리며

차라리 쓰러지지도 못할까요.

숭숭 뚫린 구멍 속으로 바람이 지나갈 때
"휘이, 휘이"
함께 울기만 할 뿐.

*아내에게

그래도 그 힘이 듦을 극복할 수 있게 해준 것은 가족이었다. 일에 치이고 상사에 치여 갈피를 못 잡고 방황하는 나를 잡아준 것은 언제나 아내였다. 언제나 그 자리에 있으면서 나를 믿고 사랑해준 아내가 있었기에 그 힘든 고비를 넘긴 것 같다. 이 시는 그 당시 울산의 문학상의 하나인 공단 문학상 입상작이다.

아내에게 1

있을 곳에 언제나
조용히 머물러 있는 그대

그대가 있는 그곳을 생각함으로만
가슴은 따뜻한 양지가 됩니다.

양지엔 부드러운 햇발이 가득하고
햇발에 피워낸 후레지아

산다는 것은
날마다 후레지아 꽃을 피우는 일이기에

가슴은
만발한 후레지아 꽃 뜰이 되고

아내에게 2

하나의 세상에 태어나
단 한 사람을 선택할 때
그대는 나를 선택했고

그 이유만으로 이 세상
행복하게 살아야 하며, 나만이
해줄 수 있는 일이기도 합니다.

모든 의미가 되는 그대
그대가 원하는 그곳에
언제나 내가 있겠습니다.

*아침 수채화

아이들이 학교에 가지 않을 만큼 어렸을 때, 출근하는 데 따라가고 싶다고 했다. 그래서 아내와 아이들을 태우고 해안도로를 따라 달리는 차 안에서 떠오르는 해를 보았다. 한 폭의 수채화 같은 아름다운 풍경이 펼쳐졌다. 산을 넘어 떠오르는 해와 바다와 오렌지색으로 색칠해진 하늘 속으로, 세상에서 가장 소중한 내 가족들과 함께 그 풍경 속을 달렸다. 일은 힘들어도 가족이 있어 행복한 나날이었다. 이 시를 다시 읽으니 그때의 풍경이 되살아난다. 그림은 화가만이 그리는 것이 아니란 생각이 든다. 일반 사람도 머릿속에 아름다운 그림을 그려 놓고 보고 싶을 때 언제든지 볼 수 있다는 것을 느끼게 된다. 이제 아이들은 다 커버렸지만, 이 시만 읽으면 그때의 조그만 모습이 떠올라 미소 짓게 된다. 시도 그림이 될 수 있구나!

아침 수채화

어둠이 점점 열어지는 아침.
차가운 바람에 거북목 하고
출근길에 따라나선 아내와 아이들.
종종걸음으로 차에 올랐다.

태화강도 추워서 물 위에 소름 돋을 즈음
먼 산 위쪽에서 해 그림자가 그려졌고
새벽은 아침에 밤새 있었던 일을 속삭였다.

해 뜨기는 이른 해안도로
강과 바다가 만나는 멀리
공장들과 배들이 꽃으로 피어나고

산 위에 걸린 조각구름은
기지개 켜는 햇살에
파스텔톤 감빛으로 곱게 물들고 있었다.

싱싱한 아침.
부지런한 자의 보너스라는 아내의 말.

출근길의 아침은 파스텔 톤으로 그린
수채화 한 점 선물 받는 것.

그 그림을 집안에 걸 수 있는 것은
매일매일 행복을 선물 받는 것

*별똥별 보며

아내는 별똥별을 보기 위해 잠들지 않고 새벽까지 기다리다가 아이들과 나를 깨웠습니다. 우리는 미리 약속된 상록이네와 함께 아파트 옥상으로 가서 별똥별을 보았습니다. 오랜만에 보는 새벽별은 너무 아름다웠습니다. 별똥별을 보기 위해 잠을 설친 아내와 아이들도 너무 아름다웠습니다. 아이가 물었습니다.

"아름답다는 것이 뭔데요?"

"아름답다는 것은 꽃같이 예쁜 것이란다."

별똥별 보며

찬 바람 부는 아파트
옥상에 옹기종기
별 바라보는 새벽

별똥별 하나, 하나, 하나
빛나는 선 그으며
나타난 듯 사라지고

네모 속에 세모
오리온 별

밤새 어둠 퍼내어
아침 맞게 하는
북두칠성

큰 발 성큼성큼
사자 별자리

그리고 이름 없는 수많은 별

별이 반짝 반짝이는
아이의 눈

별똥별 보며 소원 비는
모아진 엄마의 두 손

그 모습 모습을
너무도 아름답게 바라보는 아빠.

언제까지 잊을 수 없을
별 바라보는 새벽

*습관처럼 사랑하진 않겠다.

세상에 당연한 것은 없다. 하지만 우리는 얼마나 당연하지 않은 것을 당연하다고 생각하며 살고 있을까? 당연하지 않은 것 중에서 당연하다고 생각하며 사는 대표적인 것은 아내에 대한 태도이다. 아내는 가정을 위해 많은 헌신을 한다. 그런데도 그것이 당연한 것으로 생각하고 큰 의미를 두지 않는다. 하지만 그런 아내가 없다면 어떻게 될까? 아내를 사랑하는 일도 마찬가지이다. 아내는 내 사람이니 사랑하는 마음 온도가 연애 시절보다 내려간다. 아내를 사랑하는 것이 당연한데 새삼 무슨 의미를 부여하란 말인가? 이렇게 반문할 수도 있으리라. 하지만 아내의 헌신이 당연한 것이 아닌 것처럼, 아내를 사랑한다고 하면서도 무덤덤하게 습관처럼 살아가는 것도 당연한 일로 치부될 수 없다. 연애 시절의 그 가슴 설렘이 사라진다고 해서 사랑을 표현하는 일이 없이 습관처럼 살아가서도 안 된다.

사랑이라는 물고기는 물에 산다고 해서 먹이를 먹지 않고도 살 수 있는 고기가 아니다. 물에 산다고 해서 산소 없이 살아갈 수 있는 것도 아니다. 남자든 여자든 사랑은 소중하다. 자신이 사랑받고 있다는 감정은 더더욱 중요하다. 사랑을 표현하는 것이 세상을 살아가는 힘이며, 산소이다. 나는 얼마나 아내에게 사랑을 표현하고 살았는가? 당연하지 않은 아내의 헌신을, 아내에 대한 습관적이며 무덤덤한 태도를 얼마나 당연하다고 느끼며 살았는가? 가을이다. 가을은 사랑을 표현하기에 좋은 계절이다. 특히 중년에게는. 이 가을에는 아내의 헌신을 당연하게 여기지 않고, 아내를 사랑하는 일을 습관적으로 하지 않으며 보내고 싶다. 세상에 당연한 것은 없다. 그렇지만 한 가지 당연한 것이 있다면 인생에서 주어진 시간은 한정되어 있다는 것이다. 할 수 있을 때 많이 감사하고, 할 수 있을 때 많이 사랑하자. 결코 습관처럼 사랑하지 말자.

오늘이 추억이 되게

하루가 지날수록 점점 시려지는
중년의 애타는 마음이
점점 멀어지는 청춘의 거리를
그리워하는 계절, 가을.

카페에 홀로 앉아 커피를 마시며
커피 맛은 나이에 따라 달라짐이
나이테가 늘어진 까닭이라 생각한다.

습관처럼 사랑해왔다.
왜 사랑을 습관처럼 해야 하는가?
아내는 연애 시절이 짧았다고
푸념처럼 말하곤 한다.
결혼이 연애의 무덤은 아니다.
다만 연애의 색깔이 다를 뿐.

청춘은 마음껏 연애할 수 있어 빛이 난다.
그 빛은 봄의 연초록이다.
연초록의 작은 개구리가

가슴 안에서 폴짝폴짝 뛴다.
세상이 그저 신비롭고 아름답다.

하지만 가을은 단풍색이다.
이 가을에는 시리지만 붉은
가을처럼 연애하고 싶다.

여름 내내 개굴대던 개구리의 동그란
비눗방울 같은 음표가
가슴 안에서 퐁퐁 터져 노래가 되게

봄의 두근거림과 가을의 두근거림이
색깔만 다르지 같다는 걸
아내에게 말하고 싶다.

더 이상 습관처럼 사랑하지 않겠다.
사랑은 더 이상 당연하게 하는 게 아니다.
이 가을 아내와 다시 연애하고 싶다.
가을처럼 붉은 단풍색으로

카페에서 아내를 기다리며

두근거리는 가슴을 갖고 싶다.
아내와 집까지 걸어가며
청춘의 날 아가씨였던 아내를 배웅하며
설레던 가슴을 갖고 싶다.

가을바람에 바람개비가
생생 돌고 있다.
가슴 속 바람개비도 생생 돌리고 싶다.
더 이상 추억처럼 사랑하진 않으리라.
오늘이 추억이 되게
이 가을 진한 연애를 하고 싶다.

*울산 복산동 우리집

울산광역시 중구 복산동에 주택인 우리 집이 있다. 이곳으로 처음 이사 왔을 때가 초등학교 2학년 때이다. 이사하기 전 집은 학산동에 있었다. 어느 날 학교에 갔다 오니 살림이 하나도 없고 집이 텅 비어 있었다. 많이 황당해하던 기억이 난다. 이사하기 며칠 전에 이사한다는 말을 들었고, 이사할 집에 가기도 했다. 하지만 그날이 이사하는 날이라고는 생각하지 못했다. 어른들도 당연히 알고 있을 거로 생각했던지 이사하는 날 나에게 말하지 않았다. 다행히 그 전에 가본 적이 있었기에 찾아갈 수 있었다.

이사한 복산동 집에서 성장기를 보냈고 28살 때 결혼을 하여 분가를 했다. 우여곡절이 많은 세월을 겪으며, 다시 복산동 우리 집으로 가족을 이끌고 온 것이 2014년이었다. 그동안 복산동 집은 1996년에 아버지가 살아계실 때 다시 지었지만, 그래도 20년 가까이 세월이 흘렀기에 복산동 집은 나이를 많이 먹었다. 나이를 먹는다는 것이 꼭 나쁜 것만은 아니다. 주택 특성상 곳곳에 추억이 담겨있기에 나에게는 너무도 소중한 집이다. 특히 넓은 마당과 넓은 텃밭이 있어 우리 집에 오는 사람마다 부러워한다. 도시에서 넓은 텃밭을 가꾸는 집이 그리 많지 않을 것이다. 그 텃밭에 해마다 양파랑 대파, 오이, 가지, 방울토마토, 상추, 깻잎 등 많은 종류의 채소를 키운다.

울산 복산동 우리 집.

공식적으로는
콩나물 장사하는 87세 된 노모와
요즈음 새로운 재미를 찾은 아내와
가방 창업한 큰아들

대학에 다니는 둘째 아들
시 쓰며 재미있게 노는 나.
겁쟁이 개 말티즈 축복이
전직 길고양이 삼색 고양이 새벽이
내가 만든 연못에 사는
빨간색 금붕어 여섯 마리와
황금색 잉어 3마리
검은 대야 미니 연못 수련과 함께 사는
미꾸라지 스무 마리

비공식적으로는
텃밭에서 한 번씩 보이는 쥐 몇 마리,
채소를 심을 때마다 보이는
지렁이 수백 마리,
한 번씩 석류나무와 무화가 나무에 놀러 오는
새 몇 마리,
호박꽃에 꿀 따러 오는
벌 스무 마리 정도,
텃밭에 기웃대며 암고양이 새벽이를 노리는
숯 놈 추정 도둑고양이 2마리,
모기 수백 마리,

3장. 감성 시인이고 싶다

*감성 시인이고 싶다

감성 시인은 감성 시를 써야 한다. 세상을 대하는 것이 감성적이어야 한다. 감성은 이성과 반대됨이 아니라 이성과 대비되는 것. 이성이란 사실에 뿌리를 두지만, 감성이란 느낌에 뿌리를 둔다. 이성이 과학이라면 감성은 예술이다. 이성이 머리라면 감성은 가슴이다. 시는 가슴의 영역인데도 시를 이성적으로 쓰는 시인들이 많다. 이해할 수 없는 시를 써놓고 이해하지 못한다고 타박하는.

감성 시인의 시라면 독자가 읽었을 때 이해할 수 있으면서도 공감을 불러일으키는 그런 표현으로 시를 써야 한다. 눈이 두 개인 이유는 하나는 이성을 보라는 것이고 하나는 감성을 보라는 것이다. 시는 그냥 느끼면 된다. 느낌은 감성에서 나온다. 그렇기에 나는 독자의 가슴에 감성적 공감을 불러일으키는 시를 쓰는 감성 시인이고 싶다. 나의 시도 이성의 눈이 아닌 감성의 눈으로 봐주길 기대한다.

햇살 효소

햇살이 나뭇가지에
열매처럼 빛나는 날

햇살을 따다 넣고
햇살만큼 설탕을 넣고
항아리에 발효시키자.

한 백 일쯤이면 될까?
너와 나 사이의 거리
그 거리를 걸어가는
설렘의 시간쯤이면 될까?

너와 만나는 그날
항아리를 열고
발효된 햇살 효소를
병에 넣어
냉장고에 보관하다가

너의 흐린 날이나

나의 흐린 날이나
우리의 비 오는 날이나
조금씩 따라 마신다면

가슴이 밝아질 거야
보송보송해질 거야.

***인생은 짧고, 행복하기에도 바쁘다.**

살아오면서 여러 가지 일을 했다. 마지막으로 최근까지 한 일이 장례식장에서의 일이다. 그곳에서 숱한 장례식을 보았다. 장례식은 죽은 자를 위한 것이 아니라, 산자를 위하는 일임도 깨닫게 되었다. 장례식장은 죽은 자를 떠나보내는 마지막 종착역이다. 그 역에서 산자는 죽은 자에게 손을 흔들며, 마지막 이별을 하고 죽은 자는 영원히 산자의 곁을 떠난다. 어쩌면 눈에 보이지는 않지만 저승에서 보낸 기차가 장례식장 앞에 대기하고 있을지도 모른다. 특히 비가 오는 날이면 그런 생각이 많이 들었다. 비는 눈물과 닮았기 때문이다.

"개똥밭에 굴러도 이승에 사는 게 좋다."

라는 옛말이 있다. 아무리 고생되더라도 죽는 것보다는 살아있음이 났다는 것이 조상 때부터 이어온 생각이다. 사람들은 죽음을 두려워한다. 죽을 때의 고통을 두려워하고, 죽고 난 뒤의 상황이 어떻게 펼쳐질지 모르는 불확실성을 두려워한다. 사람이 가지는 두려움의 뿌리는 어쩌면 죽음이라는 땅속에 내려져 있는지도 모른다.

장례식장에서 일할 때, 특별하게 기억에 남는 일이 있다. 울산 언양에서 관광버스 사고로 많은 사람이 불타 죽은 일이 있다. 울산에 있는 모 회사의 정년퇴임을 앞둔 직원 부부들이 동반 관광을 갔다가 사고가 난 것이다. 그 사고에 대해 관을 납품하는 사람에게 들은 이야기다.

"한 부부는 서로 꼭 껴안고 불타 죽었어요. 불탄 주검을 뗄 수가 없어, 두 사람을 같이 넣을 수 있는 특수 관을 제작했지요."

그들은 죽을 때도 함께 서로를 꼭 껴안고 죽었다. 죽음은 슬픈 일이지만 마지막 순간 함께 안고 죽었기에 서로에게 조금은 위로가 되지 않았을까. 그리고 할 수 있을 때 더 많이 사랑하자는 생각을 했다.

하나의 영혼 되어

불길 속에서
꼭 껴안고 죽은 부부

죽음까지도
떼어놓지 못한 사랑.

몸이 타 녹아
하나의 몸이 되고

마음이 불타
하나의 영혼이 되고

진정 하나가 된 사랑.

***철연**

인간(人間)이란 직역하면 사람 사이란 뜻이다. 다른 말로 하면 사람과의 관계를 맺고 살아간다는 말이 된다. 지금 내 주위의 관계를 둘러보고 다시 한번 관계 정립을 해야 하며 '더 좋은 관계가 될 수 있도록 하기 위해 무엇을 어떻게 해야 할까'를 고민해보아야 한다. 사과나무를 키우려면 가지치기도 필요하고 거름도 필요하다. 그런 농부의 노력이 뒤따라야 맛있는 사과를 먹을 수 있다.

사람의 관계는 하나의 밭으로 비유될 수 있다. 관계가 어떻게 형성되느냐에 따라 그 밭의 풍경은 달라진다. 향기 있고 아름답지만, 가시가 있는 장미가 자라는 관계의 밭이 될 수도 있고. 서로에게 다가오지 못하게 솔잎 가시로 무장한 소나무가 자라는 관계의 밭이 될 수도 있고. 연약하지만 아름다운 향기를 가진 백합꽃을 피우는 관계의 밭이 될 수도 있고. 그냥 의미 없이 잡초만 무성하게 키우는 관계의 밭이 될 수도 있다. 내 관계의 마음 밭에는 장미와 백합과 사과나무와 많은 예쁜 꽃들을 피우고 싶다.

철연

흙과 흙이 서로 붙으려면
물기 머금은 진흙이어야 한다.
마른 가슴과 마른 가슴은
서로 붙지 못한다.
물기를 머금을 때
서로 인연이 된다.

철과 철이 서로 붙으려면
물기 같은 매개체가 필요하다.

철과 철 상태로는
서로 붙지 못한다.
철과 철이 붙으려면
용접봉으로 철을 녹여야 한다.

오늘 하루
서로 가슴을 녹여
하나로 만들어줄 용접봉 같은
뜨거운 가슴 하나 만나고 싶다.
그와 함께 철연이 되고 싶다.

*하나님의 명함

실컷 인생을 낭비하다가 죽음을 맞이하게 되었을 때, 하나님에게로 갈 길을 만들어 놓지 않았다면 죽음 후의 나의 영혼은 하나님께로 갈 수 없게 되리라. 어렸을 때 교회를 다녔고 그동안 다니다 말다 하다 나이 오십이 넘어 다시 교회에 나가고 있다. 신앙의 뿌리는 깊이 내려져 있으니 이제 그 잎을 피우고 꽃을 피워야 할 때다. 앞으로 열심히 신앙생활을 해야겠다. 그래서 내 영혼의 문제부터 해결해야겠다. 신앙생활은 삶 이후의 문제만이 아닌 앞으로 남은 내 삶도 풍요롭게 만들어 주리라. 나에겐 하나님의 명함이 있다. 하나님의 주소와 전화번호가 적힌. 하나님께 전화를 해보자. 두 손 모으고 기도를 하자.

'하나님, 이왕 제 생명을 가져가시려면 천국으로, 이왕 제 얼굴에 나이테를 그릴 거면 웃음으로 생긴 나이테를 그려주세요.'

하나님의 명함

하나님 가슴과 닿아있는
하나님 안주머니에
깊숙이 들어있는 지갑.
그 속에는 명함이 들어있다.

명함엔 하나님 전화번호가 적혀있고
명함엔 하나님 주소가 적혀있고

하나님은 하얀 손으로
안주머니에서 명함을 빼내어
세상 사람에게 주었다.

사람은 하나님의 명함을

가슴과 닿아있는

안주머니 깊숙이 넣어두었다.

하나님의 주소는 사람의 가슴

하나님의 전화번호는 기도

세상에 지치고

세상에 절망할 때

가슴속에 있는 하나님께

전화를 걸어

기도할 수 있게 하는

하나님의 명함.

*만남이란

수평선을 보면 내가 있는 이곳에서 수평선까지의 거리가 얼마나 될까 생각해보곤 한다. 하늘과 바다가 맞닿아 있는 것처럼 보이는 그곳.

그곳에 가면 만남의 원형을 볼 수 있을까? 하지만 맞닿아 있는 것처럼 보이지만 실상은 하늘과 바다가 떨어져 있는 허공. 만남이란 물리적인 것이 아니라 정신적이다. 수많은 사람이 주위를 스쳐 가지만 그것을 우리는 만남이라 하지 않는다. 우리가 만남이라 의미 부여를 할 때만 만남이라 이름 지을 수 있다. 만남이란 선물이다. "당신이 나의 선물입니다." 이렇게 말할 수 있는 만남을 많이 가질 수 있게 되기를.

만남이란 (카페 맘스허브에서)

김훈의 흑산을 읽다가
수평선은 바다의 선이 아니라
눈에 그어진 선이란 말이 가슴에 들어왔다.

수평선은 실상 선이 아닌
허공이라는 사실.

맘스허브에서 글을 쓰는 이 시간
머스마와 가시내가 들어왔다.
만난지 얼마 되지 않은 듯
주고받는 말에서 허공의 들뜸이 묻어있다.

그 설렘이 아주 오래전의
추억의 느낌까지 불러온다.
하지만 아직까진 수평선이다.
닿아있는 듯하지만, 실제론 떨어져 있는

내가 믿고 있는 만남이
얼마나 많은 만남이
허공인 채
내 눈 안의 선 일뿐일까?

만남이란 사람의 바다와 사람의 하늘이
만나는 일이다.
수평선처럼 허공이 아닌.
서로 마음이 손잡는 일이다.

***기다림은 곡선이다.**

"다 때가 있다"라는 말을 자주 쓴다. 아이들이 철없는 행동을 하는 것을 지켜보면서 과거의 나를 돌이켜본다. 가만히 생각하면 그 나이

때의 나는 더 철없이 행동한 것 같다고 느낀다. 기다려야 한다. 지적하면서 상처를 줄 것이 아니라 기다리면, 스스로 느끼면, 때가 되면 철없는 행동을 하라고 해도 하지 않을 것이다. 억지로 되지 않는 것이 세상일이다. 기다리면 언젠가는 올 수밖에 없다는 것을 느낀다. 늦게 피어도 피지 않은 꽃이 없는 것처럼 때가 되면 기다리는 것은 결국 올 것이다. 뜸이 드는 시간을 지나야 밥이 되듯이 시간이 지나야 더 온전한 것이 될 수 있다.

직선이 기다림이 없음을 의미하는 것이라면 곡선은 둘러오기에 기다림의 과정이 필요하다. 직선은 딱딱하다. 반면에 곡선은 부드럽다. 직선은 부러지기 쉽다. 반면에 곡선은 휘어지기는 할 지언 정 탄력성이 있어 부러지지 않는다. 고속도로로 가면 빨리 갈 수는 있지만, 자세히 느끼며 가지는 못한다. 천천히 가는 것, 곡선으로 가는 길이 더 아름다움을 느끼며 가는 길이다.

기다림은 곡선이다 2

갈비뼈가 곡선인 까닭은
심장을 감싸고 있음이다.

직선이면 가슴을 찌르고

쉬이 금이 가고 깨어져
피 흐르기 쉽다.

사랑이 늦다 안달하지 마라.
갈비뼈가 곡선이듯
사랑은 지금 둘러오고 있다.

때론 늦은 길이
상처 나지 않는 길이다.

늦게 온 그대는
하얀 갈비뼈와 갈비뼈 사이

붉게 팔딱이는
심장의 행간을 읽을 것이다.

*해 질 녘엔 아픈 사람

해 질 녘이 되면 술 생각이 났다. 나만이 그런 것이 아니라 술을 좋아하는 사람이라면 오후 5시에서 7시 사이가 되면 술 생각이 날 것이다. 해 질 녘에 술 생각이 나면 누군가에게 전화했다. 함께 술을 마실 사람에게. 아니면 누군가에게서 전화를 받곤 했다, 술 한잔하자는 전화를. 그 당시 왜 그렇게 술을 마셔대었던 것일까?

의학적으로 설명한다면 알코올 중독이라고 할 것이다. 인정한다. 하지만 문학적인 측면에서 본다면 알코올 중독이라는 한 단어로 국한하기에는 한계가 있다. 낮에는 그림자가 몸 밖에 있다가 해 질 녘이 되면 그림자가 내 몸속으로 들어온다. 그 그림자가 술 생각이라고 느꼈다. 그림자, 즉 술 생각이란 무엇일까? 사람마다 다르겠지만 나의 경우엔 부정적인 측면에서는 외로움이나 삶의 고달픔이나 절망과 고통 등이 될 것이며, 긍정적인 측면에서는 사람과의 관계유지나, 하루의 피로를 푸는 몸과 마음에 주는 위안 등이 될 것이다. 그리고 그리움이나, 후회나 감성적인 감정의 상태 등이 될 것이며, 지금 떠오르지 않은 많은 이유가 있을 것이다. 해가 있을 때는 사는 일로 하여 그런 정신의 상태인 그림자가 내 몸 밖으로 나갔다가, 일한 후 해 질 녘 피곤한 몸이 되었을 때 다시 내 몸으로 들어와 술을 마시게 한 것일 거다. 어쨌든 해 질 녘엔 아팠으며, 그 통증을 술로 해소했다.

1. 해 질 녘엔 아픈 사람

신현림의 '해 질 녘에 아픈 사람'을 읽고
그 사람은 어떤 사람이며,
왜 아플까에 대해 생각해본다.

옛날 해 질 녘엔 술 생각이 났고
그 시간이 되면 꼭 한두 통의 전화가 왔다.
술 생각이 나는 아는 사람이.

나도 아팠고 그들도 아팠을까?

내가 아는 누군가는
그림자 때문이라고 했다.
낮에는 그림자가 몸 밖에 있어서
아프지 않은데 해 질 녘이 되면
그 그림자가 몸속으로 들어오면서
아픈 거라는.

그도 해 질 녘이면 아팠을까?
그가 죽은 지 20년쯤 되었다.

오늘 신현림의 시집을 읽으면서
그림자가 내 가슴 속으로 들어왔고
그가 생각났다.

그렇구나. 해 질 녘에 아픈 건
그림자 때문이구나.

2. 36.5도

태양이 내 몸을 데울 때
체온은 36.5도

밤, 태양이 없어 내 몸이
점점 식어져

밤, 내 몸의 온도는 15.5도
빛이 그리워 벌벌 떨며

21도짜리 소주를 마신다.
비로소 내 몸의 온도는

36.5도

*비정규직도 되지 못한 그들 1

실업급여 제도는 실직한 사람에게는 아주 유용한 제도이다. 회사에 다니다 해고 등의 이유로 실직한 사람들이 다시 직업을 구할 때까지 일정 부분 생활에 필요한 돈을 받을 수 있기에 발등의 불은 끌 수 있다.

비정규직이라도 실업급여는 받을 수 있다. 그것은 비정규직이라 하더라도 국가에서 제공하는 안전망 속에서 보호 받을 수 있다는 것을 의미한다. 그것만이 아니라 양대 노총에서도 비정규직의 처우 개선이나 그들의 정규직화를 외치는 등 이익을 대변하기도 한다. 하지만 우리나라에는 비정규직도 되지 못하는 많은 사람이 있다. 취업을 못 한 사람들이나 아르바이트하는 사람, 위기에 처한 자영업자들이 그들이다. 또한, 일용직 노동자들도 마찬가지다. 국가도 양대 노총도 그들을 위한 권리를 대변해주지 않는다. 그들을 위해서는 실업급여 등 어떤 안전망도 없다.

이들은 비정규직보다도 훨씬 더 심각한 위치에 놓여있다. 그런데 누구도 그들의 이익을 위해 나서주는 사람이 없다. 국가는 노인이나 취약계층 등의 사회적 약자에 대해 최소한 생명을 유지할 수 있는 지원을 하고 있다. 그런데 비정규직도 되지 못한 이들이 사회의 일원으로 살아갈 수 있도록 돕는 지원은 너무도 취약하다. 그들보다 나은 위치에 있는 비정규직에 대한 정부나 노총, 언론 등에서 목소리를 높이는 것을 들을 때마다 '비정규직도 되지 못한 그들'이 생각난다.

담배꽁초-버려진 희망들

10분의 쉼 시간.
노동자들은 한, 두 개비의 담배를 피우며
쉰다. 아니 생각하기도 하고
서로 말하기도 한다.

동료들끼리 가벼운 농담도 주고받고
어제 술 마신 이야기.
일에 대해 옥신각신하기도 한다.

담배는 환영받지 못한 불청객이 된 지 오래
그들의 일당 중 5%가 넘는 담뱃값
100% 담뱃값을 인상한 정부는 배짱이다.
노동자의 삶의 질이 2% 떨어졌다.

금연하면 될 것 아니냐고 한다.
금연 캠페인도 변명처럼 벌인다.
잊어야지 잊어야지 하면서도
잊지 못하는 지나가 버린 사랑처럼
끝내지 못하는 담배.

담배 한 개비 수명은 5분이 채 되지 않는다.
담뱃불을 끄며 해답이 없는 생각도 끈다.
재떨이엔 즐비한 생각 시체들.

담배 연기는 가슴이 타서 나오는 연기.
거꾸로 불이 꺼진 생각 시체들을 보며
재떨이에 버려진 노동자의 희망을 본다.
거꾸로 서서 꺼진 희망의 시체들을 본다.
노동자의 가슴이 타버린 재를 본다.

*비정규직도 되지 못한 그들 2

우리나라의 실업자 수는 작년보다 증가하였다. 굳이 수치를 언급하지 않더라도 피부로 느낄 수가 있다. 그런데 국가에서 발표하는 통계에서 실업률은 4%에 불과하다. 나머지 96%는 직업을 가지고 있는가? 아니다. 경제활동인구를 만 15세로 규정을 하고 비경제 활동인구를 뺀 수치에서 일주일에 1시간 월 4시간만 일을 해도 취업자로 계산된다. 즉 아르바이트하는 사람까지 모두 취업자 수에 포함됨을 의미한다. 그렇다 보니 주위에 둘러보면 실업자투성인데, 우리나라 통계에 잡히는 공식적인 실업자 수는 2018년 5월 기준 112만 1,000명에 불과하다. 국가에서는 이러한 통계를 기준으로 실업자 대책을 세우지는 않으리라 믿어보지만, 어딘가 모르게 불안해진다. 병에 대해 정확한 진단을 해야 정확한 처방을 할 수 있음은 상식이다. 그런데 현실과 동떨어진 실업자 수(진단)를 가지고 정확한 처방이 가능할까? 더욱 불안해진다.

정치인들은 입만 벙긋하면 일자리 창출을 외친다. 그들은 우리나라 실업자의 현황을 어느 정도나 파악하고 있을까? 그 현황을 제대로 파악하지 못한 것이, 일자리를 점점 줄어들게 하고, 실업자 수를 더욱 증가시키는 요인 중의 하나는 아닌지 궁금해진다.

갑질이 사회의 쟁점이 되어있다. 문재인 정부는 빈부격차 해소라는 명목으로 소득증대 중심의 정책을 펴고 있다. 그 대표적인 것이 최저임금 인상 정책이다. 그런데 갑은 빠지고 을들의 전쟁이라는 말이 곧잘 들려온다. 편의점의 갑인 대기업은 빠지고, 을인 점주나 아르바이트하는 점원들 사이의 전쟁이라는 의미이다. 그나마 아르바이트 자리 구하기도 어려워졌다. 그나마 하루 일당 받는 노동일마저 줄어들었다.

비정규직도 못된 그들

새벽, 비에 이는 바람.
편의점 앞에서 일용직 노동자는
비를 피하며 소주를 마신다.

비정규직 위한다는 국회의원 후보들.
정작 비정규직도 못 된 그들을 위해
새벽, 인력시장을 방문했다는
뉴스를 본 적이 없다.

일당은 10만 원 내외
며칠 공치고
운 좋게 일한 날,
인력 사무실에서 또 공제한다.
받는 돈은 9만 원 내외.
담뱃값은 2000원이 올라
일당은 2% 넘게 감소했다.

오늘처럼 비 오는 날은
일당 대신 손에는 소주가 들려있다.

가벼운 손에 들린 가벼운 소주.
가볍지 않은 발걸음.

비에 이는 바람.
별조차 없는 세상이 취해있다.

*밥, 밥벌이

대학 다닐 때 공초 오상순에 대한 이야기를 한 적이 간혹 있었다. 그는 하루에 아홉 갑의 담배를 피운다고 했고 그는 잘 때도 담배를 손가락에 끼워서 잔다는 둥, 다른 사람이 자는 그의 손가락 사이에 있는 담배 가치를 아무리 빼려고 해도 뺄 수 없다는 둥.

고등학교 시절부터 피운 담배는 지금까지 끊을 수가 없어 피우고 있다. 개인적으로는 술보다 중독성이 더 강한 것 같다. 술은 끊었지만, 담배는 여전히 끊지 못하고 있다. 막노동하러 어느 공장에 갔었는데 그곳에 있는 흡연장에 놓인 대형 재떨이가 있었다. 꿈이 있는 막노동꾼들도 간혹 있었지만 내가 본 대부분 막노동꾼에겐 거의 희망이란 없었고 하루하루 주어진 삶을 살아갈 뿐이었다.

그들의 특징이 있다면 가정이 없다는 것이다. 결혼하지 못했거나,

이혼한 사람이 많다는 것이었다. 경제적인 능력이 없이는 가정을 꾸릴 수 없는 것이 이 시대의 현실이라는 사실을 절감했다. 다른 말로 하면 밥벌이를 하지 못하는 남자에게는 가정이 주어지지 않는다는 의미가 된다. 밥벌이는 만만한 것이 아니다. 일하다 보면 머리가 찌근거리고 속이 부글부글 끓어오를 때도 있다. 그런 것들을 참아내는 과정이 뜸을 들이는 과정과 닮았다는 생각을 했다.

밥, 밥벌이

머리는 부글부글 끓어오르는 압력밥솥 같았다.
가스레인지처럼 가슴에서는
쉴 새 없이 파란불이 타오르고 있었다.

불꽃은 피를 말리고
피에서 증발한 수증기는 머리로 올라가
머릿속은 압축된 김이 눈물이 되었다가
다시 김이 되는 반복이 계속되었다.

.
먼저 불을 낮추어야 했다.
참아야 했다. 그래야 뜸이 든다.

그래야 밥이 된다.

*전정기관염

1.

그날도 어머니의 콩나물시루를 시장까지 날라다 주는 것으로 하루를 시작했다. 그렇게 극성이던 더위가 한풀 꺾인 새벽은 코끝으로 시원한 바람이 지나갔고, 하늘도 모처럼 푸르렀다.

"아! 이제 가을이구나."

혼자 작은 소리로 읊조리며 어머니를 차에 모시고 콩나물을 싣고 시장으로 향했다. 어머니의 자리까지 콩나물을 날라다 주고는 매일 그러하듯 근처 시장 길거리 카페에 앉았다. 매일 그러하듯 주인 마담은 냉 율무 한잔을 타주었다. 담배를 한 개비 물며 늘 그러하듯 텔레비전을 보았다. 그런데 늘 그러하지 않은 일이 발생했다. 갑자기 텔레비전의 글자가 흔들리기 시작한 것이다. '이러다 괜찮아지겠지.'라고 생각하며 율무를 한 모금 마시는데 흔들리던 글자는 아예 보이지 않았고, 화면 속의 사람도 흔들거렸다. 급기야는 모든 게 빙빙 돌기 시작했다. 순간 무언가 내 몸에 심상치 않은 문제가 발생했다는 생각이 들어 아내에게 전화했다.

“시장 길 카페에 있는데 아무래도 내 몸에 이상이 생긴 것 같아요. 좀 와주어야겠어요.”

그렇게 전화를 하고는 바로 옆으로 쓰러졌다. 그리고는 구토하기 시작했다. 머리가 터질 듯이 아팠고 ‘지구가 정말 돌고 있구나.’라는 생각을 하며 반쯤은 정신이 나간 상태가 되었다. 누군가가 119에 전화를 했다. 처음 증세가 시작된 지 30여 분이 흘러 119 구급대가 도착했다. 그 30여 분의 시간은 무척 길게 느껴졌고, ‘이러다 죽을 수도 있겠구나.’ 하는 두려움이 밀려왔다. 119구급차를 타고 근처에 있는 세민병원으로 향했다. 하지만 세민병원 응급실에서는 큰 병원으로 가기를 권했다. ‘말로만 듣던 작은 병원에서 큰 병원으로 옮길 정도로 심각한 병이구나.’ 하는 걱정이 앞섰다. 그래서 향한 곳이 울산대학교 병원 응급실이었다. 가는 도중에도 머리는 빙빙 돌고 구토도 계속되어 괴로웠다. 평소 15분이면 가는 거리가 오늘따라 1시간은 더 걸리는 듯한 느낌이 들었다.

2.

울산대학교 병원에 도착하니 역시 큰 병원은 달랐다. 먼저 증세를 보고 전정기관의 감염을 의심하였다. 그래도 모르니 MRI를 찍자고 했다. 응급실에서 계속 구토를 하면서 기다리니 간호사가 링거를 팔에다 꽂아주었다. 그 링거를 맞으니 올리는 것은 많이 줄었지만, 여전히 어지러워 무척 고통스러웠다. 그러면서 든 생각은 ‘아직 죽을 아무런 준비가 되어 있지 않은데, 죽으면 어쩌지'하는 생각과 '이 고통이 멈추지 않으면 어쩌지'하는 생각이 들었다. 응급실에서 계속 누워 있는데, 암 환자의 고통이 생각났다. 며칠 전 남편이 아내를 죽인 사건을 인터넷을 통해 본 것이 떠올랐다. 아내는 너무 고통스럽고 나을 가망이 없어 남편에게 차라리 죽여 달라고 요청했다고 한다. 계속된 고통 속에 있는 아내가 불쌍해 남편은 차에다 연탄을 피워 아내를 죽게 했다고 한다. 그 기사를 읽고 아내와 남편을 욕했었다. 정말 그렇게밖에 할 수 없었을까를 생각하며, 하지만 내가 극심한 고통 속에 있다 보니 아내의 심정이 이해가 되었다. 참을 수 없는 끔찍한 고통, 나을 가망성도 없는 고통이 지속한다는 것은 정말 사람이 받을 수 있는 가장 참혹한 형벌이라는 생각이 들었기 때문이다.

전정기관염

전정기관에 염증이 생겨 쓰러지고
위에 든 모든 것까지 토해냈다.
평형기관이 제 몫을 못하자
모든 것은 빙빙 돌았고 일어설 수도 없었다.

태어나 처음으로

죽음과 가장 근접하다고 정신은 느꼈으며
극심한 고통의 정체를 의식이 인식했다.

오른쪽 귀 속의 평형기관의 감염으로
왼쪽과 균형을 유지하지 못한 상태
한쪽으로 치우친 것이 얼마나 위험한 것인지.

왼쪽과 오른쪽,
반대 방향으로 움직이는 것이 아닌
중간을 향해 모아져야
초점이 된다는 것을 알게 되었다.

그래야 세상을 제대로 볼 수 있다.

3.

응급실에서 대기하고 있으니 의사가 와서 MRI는 문제가 없고 전정기관염이라는 말을 하였다. MRI상에 약간 의심나는 부분이 있지만, 이것은 아마도 촬영 시 흔들려서 그런 것 같으니 걱정하지 않아도 된다는 말도 덧붙였다. 정확한 결과는 일주일 후에 나온다고 했다. 그래서 처방을 받고 응급병동에 입원을 하였다. 그 와중에 아내는 일을 하러 갔어야 했기 때문에 후배 명근이가 와서 내 보호자 역할을 자처했다. 너무도 고마운 일이다. 사람이 살다보면 어려울 때 모른 척하는 사람이 있는 반면, 어려울 때 진정으로 도와주는 사람이 있다. 그 사람이 나에게는 진정한 친구라는 생각을 했다. 5층 병실에 들어가니 나 외에도 4명의 환자가 더 있었다. 그들 모두는 나처럼 응급실을 거쳐 입원한 사람이었다. 첫날은 너무 힘들었고, 잠 잘 수 있는 것만 해도 감지덕지였다. 하지만 새벽에 환자 한 명이 숨을 극심하게 몰아쉬는 것이 들렸다. 산소통을 의지해 숨을 쉬는 81세 된 노인이었는데, 식도가 망가졌다고 했다. 그 분은 내가 입원한 5일 내내 물 한 모금 마시지 못했고, 잠도 누워서 자지 못했다. 그리고 항상 숨을 격하게 몰아쉬었는데, 숨만 제대로 쉬는 것이 얼마나 큰 복인지를 느끼게 되었다.

4.

둘째 날이 되자 속은 많이 안정되어 식사를 죽에서 밥으로 바꾸었다. 하지만 어지럼증은 여전히 지속하여 제대로 걸을 수가 없었다. 평생 처음으로 휠체어라는 것을 타보기도 했다. 그리고 제대로 걸을 수만 있어도 얼마나 다행한 일인가 하는 생각이 들었다. 응급동에서 이비인후과까지는 꽤 먼 거리였기에 아내가 꼼짝 못 하고 나에게 붙어 있었다. 아프기 전까지는 건강에는 자신이 있었는데, 이번 일로 하여 병은 불시에 찾아오는 것이며, 항상 대비해야 함을 느꼈다. 같은 병실에 있던 환자 한 명이 수술을 받고 병실을 옮겼다. 여전히 할아버지는 고통스럽게 숨을 몰아쉬었다. 내 옆 침대에 누워있는 환자는 나와 나이가 같았는데 그도 나처럼 실려 왔다고 한다. 그런데 간암이라는 진단을 받았다. 또 다른 환자 한 명은 술을 먹고 넘어져 다쳤다는데 얼굴 수술을 받아야 한다고 했다. 고통스러운 순간에는 내 고통이 세상에서 제일 심하다고 생각했는데, 막상 병실에 오니 내 고통은 고통도 아닌 것 같았다. 셋째 날이 되자 좀 걸을 수 있게 되었다. 속도 완전히 안정된 것 같았다. 의사는 이 병은 시간이 지나야 낫는 병이라고 하며 꾸준히 몸 관리를 하라고 했다.

5.

넷째 날, 며칠 사이 많은 분이 면회를 왔다 갔다. 명근이는 물론이고 울산대학병원에서 수간호사로 일하는 명근이 처는 여러모로 신경을 써주었다. 정말 감사했다. 그리고 어머니와 둘째 형수가 왔다. 어머니는 많이 놀라셨다. 그래도 멀쩡해 보이는 아들을 보고 안도를 하는 것 같았다. 둘째 아들이 다니는 교회에 청년회에서도 면회를 오고, 우리 부부가 다니는 교회에서도 면회를 왔다. 아내의 친구인 순옥 씨와 아내 조카 정혜 부부가 와주었다. 다들 감사하다.

그리고 5일째가 되는 날 퇴원을 했다. 아직 완전히 낫지는 않았지만, 어차피 시간이 지나야 낫는 병이기에 집에서 안정을 취하기로 했다. 이번 일을 겪으며 많은 생각이 머리를 스쳤다. 내가 있었던 병실에는 나를 포함해 총 5명이 입원을 했었는데, 나를 제외한 4명은 모두 수술을 받으러 갔고 나만 멀쩡하게 걸어 나왔다. 그들이 쓰러질 때는 큰병이 아니길 바랐던 나의 심정과 똑같았으리라. 그런데 나는 운이 좋게도 병이 호전되어 퇴원했고 그들은 아직 병원에 있다. 나의 일이 불행 중 다행이라는 생각이 든다. 생명에 관련된 일은 사람의 소관이 아니라 신의 영역이라는 것을 다시 한번 느꼈다. 예전에 쓴 시다.

병원

그 병원 9층에는
분만실이 있고

그 병원 지하에는
영안실이 있다.

어떤 이는 실려 와서
걸어 나가고

어떤 이는 걸어와서
실려 나간다.

분만실을 걸어 나오는

어떤 아기도 없고

영안실로 걸어 들어가는
어떤 시체도 없다.

*이유리의 [화가의 마지막 그림]을 읽고

오늘처럼 추운 날은 달달한 핫초코가 딱이다. 집 부근에 있는 [뜨락]이란 카페에 와서 글을 쓴다. 글을 쓴다는 총각이 운영하는 카페인데, 써서 벽에 붙여둔 글을 보니 아마추어 냄새가 풀풀 난다. 그래도 주인이 글을 쓴다고 하니 어딘지 모르게 든든한 느낌이다. 핫초코 한 잔에 3천 원, 가격도 착하다. 이곳에는 군것질거리도 판다. 고추 양념 포 하나에 200원, 다섯 개를 샀다. 저녁을 가능하면 먹지 않는 나로서는 훌륭한 간식거리가 될 것 같다. 그리고 조용하다. 잔잔한 음악이 흐르지만 문제 될 것 같진 않다. 이래저래 마음에 든다. 앞으로 이곳에 자주 올 것 같은 예감이 든다.

지금 읽고 있는 글은 이유리 작가가 쓴 [화가의 마지막 그림]이라는 책이다. 말 그대로 화가가 죽기 전에 그린 마지막 그림이다. 이 책이 화가의 죽음과 연관이 되어서인지 온통 비참한 이야기로 가득 차 있다. 그리고 화가의 우울증이나 정신병적인 묘사가 가득하고, 자살한 화가가 대부분이다. 목숨이 다하기 전 마지막에 그린 작품이라서 그림의 의미와 무게가 절대 가볍지 않다. 우울한 내용과 더불어 이 책은 그림에 대한 이야기와 작가의 위상에 관해서도 서술하고 있어, 그림에 대해 무지한 나에게는 도움이 되기도 한다. 이 책 내용 중에 반 고흐의 자화상에 대한 이야기도 나온다. 아래 시는 그것을 읽은 후 쓴 시이다. 이 책을 읽으며, 그렇게 치열하게 자신의 목숨을 물감으로 찍어 그림을 그려야만 하는가에 대한 생각이 밀려온다. 그리고 '예술이 꼭 이렇게까지 해야만 가치를 발휘하는 것은 아닐 텐데'하는 생각이 들기도 했지만, 열정적이지 못한 채 글을 쓰는 내가 부끄러워지기까지 한다.

난 쓰고 싶은 글을 쓰려 한다, 남에게 인정을 받든 그렇지 않든 내가 쓰고 싶은 글을 쓰는 것이 의미가 있다고 생각하기에. 그것은 반 고흐도 마찬가지였으리라.

반 고흐

그의 자화상엔 귀가 없다.
삶 자체가 충분히 처절했는데

그것도 모자라서
귀를 잘라내었나.

반 고흐의 자화상에는
반 고흐는 없고
그의 고통만이 그려져 있다.

정신을 녹여 물감을 만들고
몸이 붓이 되어 그린 자화상

그처럼 죽도록 처절해야지만
정신은 녹아 물감이 되는가?

그리해야만 죽지 않는
사랑이 되는가?

*교통방송에 출연해서

도로는 사람의 몸으로 치면 핏줄이다. 건강한 몸은 피가 잘 돌아야 하며, 도로가 원활해야 우리나라 경제도 잘 돌아간다. 비단 경제뿐만이 아니다. 길이 뚫려있어야 만사가 형통하다. 나무속에는 영양분이 흐르는 수관이 있다. 사람 사이에도 정이 흐르는 보이지 않는 길이 있다. 그런 의미에서 교통방송은 도로 위를 달리는 운전자의 친구가 되기에 아주 의미 깊은 방송이라고 생각한다. 운전할 줄 안다는 것은 중요한 의미를 지닌다. 운전은 비단 자동차 운전석에서만 행해지는 것이 아니다. 사람은 누구나 삶이라는 길 위를 달린다. 삶을 잘 운전해야지만 그 사회는 건강하고 밝은 사회가 된다. 앞으로도 도로 위에서만이 아니라, 삶이라는 운전대를 잡은 운전자에게도 좋은 친구가 되고 힘이 되는 교통방송이 되기를 기대한다.

삶이라는 운전대를 잡은 그대에게

길은 땅 위에만 있는 게 아닙니다.
몸속엔 피가 도는 길
나무속에는 수액이 흐르는 길
산속에는 노루가 토끼가 다람쥐가

다니는 길이 있습니다.

막힘없는 길이라야 건강합니다.
수액이 뿌리와 가지를 오가야
잎을 달고 열매 맺는 것처럼

막힘이 없으면
피가 혈맥을 따라 돌고
사람과 사람을 소통시켜
보기에도 아름다운
무성한 가로수 길을 열어줍니다.

삶이라는 운전대를 잡은 우리에게
막힘없는 길이 될 수 있도록
교통방송은 옆에서 항상 함께 하는
동반자가 되어주세요.

*인생 쉼표에서 쓰는 글

지금 백수다. 백수는 시간이 많아서 좋다. 당장 돈이 되지는 않지만, 나만의 시간, 나만의 공간을 가질 수 있는 흔치 않은 시기이다. 이제껏 50이 넘게 아웅다웅 살아왔다. 마음의 여유가 없어 시간이 있을 때도 그것을 제대로 누릴 수 없었다. 지금이 아닌 과거에도 백수 시기가 있었다. 하지만 돈을 벌어야 한다는 강박관념에 빠져 시간을 허비했다. 답답하고 조급한 마음에 직장을 알아보고, 창업을 연구했다. 그런데 쉽사리 적성에도 맞고 보수도 맞는 직장이나, 돈이 되는 창업 아이템이 나타나지 않았다. 그래서 습관처럼 술을 마시고 몽롱한 상태로 그 귀한 시간을 허비했다.

어쩌면 50이 넘은 내 나이가 늦었다고 생각할 수도 있을 것이다. 진작 좀 그런 시간을 갖지 하는 말을 할 수도 있을 것이다. 하지만 난 늦었다고 생각하지 않는다. 아직 나에게는 최소한 10년 이상의 일할 시간이 존재하며, 그 10년이란 시간은 적지 않는 시간이다. 그런 시간을 대비할 시간이 나에게 주어졌다는 것은 큰 행운이다. 지금이라 하여 여건이 과거와 달리 많이 개선된 것은 아니다. 차라리 과거에는 젊음이라도 있었지만, 지금은 그 팽팽한 젊음조차 없다. 하지만 과거에 갖지 못한 여유를 지금은 갖고 있다. 육체적 젊음, 대신 심적 여유가 생긴 것이다.

백수가 되어 생긴 시간을 어떻게 활용할까 생각하다가 '다른 것 아무것도 하지 말고 오로지 글만 쓰자.'하는 마음을 먹고 책상에 앉았다. 이런 흔치 않은 나만의 공간과 나만의 시간을 글 쓰며 보내는 것이 얼마나 의미 깊은 일인가? 어떤 글이든 상관없이 일단은 쓰기로 한다. 글이 되든 되지 않든 그것은 별개의 문제다. 일단 쓰면 내 머릿속에 엉킨 생각들이 시각화되는 효과가 있고, 글쟁이라고 스스로 생각하는 나의 능력을 테스트도 할 수 있어 여러모로 유익하다.

인생 쉼표를 찍고 쉼표에서 하고 싶은 일을 해보자.

누워있는 쉼표

쉼표(,)에 대한 기호는 잘못되었다.
쉼표는 여러 가지 기능이 있겠지만
여기서 말하는 쉼표는 말 그대로
쉰다는 의미이다.

쉼표를 자세히 보면 불안정하다.
피라미드는 밑이 크고 위로 갈수록
작아져 안정감이 있지만
한글 쉼표는 위가 크고 아래가 작다.

달리면 걷고 싶고 걸으면서고 싶고
서면 앉고 싶고 앉으면 눕고 싶다.
쉼표도 눕게 해주자.

울산 문화의 거리가 시작되는
구 울산초 삼거리에는 조형물이 하나 있다.
작가인 울산대 임영재 교수는
울산의 과거와 미래를
비눗방울로 표현했다고 했지만

누구는 고래를 누구는 물방울을
누구는 올챙이를 생각하고
나는 누운 쉼표를 생각한다.

한 줄에 대롱대롱 매달려
빌딩 유리 닦는 사람처럼
머리부터 팔, 손, 다리, 발
온몸 세포 곤두세워 살아가는 그대

쉼조차 쉼표(,)처럼 눕지 못하는 그대
쉬어가라. 쉬려면 누워서 푹 쉬어라.

*세상이 돌지 않게 하려면

우리나라의 우파와 좌파는 분단 상황과 맞물리면서(우파는 보수를 좌파는 진보를 이야기하는 것이 아닌) 종북이냐, 그 반대편에 서느냐로 구분되는 것 같다. 한 마디로 이야기하는 것은 무리가 있지만, 분배를 우선시하는 것이 진보이며, 성장을 우선시하는 것이 보수로 난 이해하고 있다. 결국 말만 다르지 함께 잘살자는 초점은 같은 것이다. 그렇기에 '종북이냐 아니냐'로 좌파와 우파를 구분한다는 것은 심한 오류를 범한 것으로 생각한다.

진보정권이 들어서면서 남과 북 화해 분위기에 돌입했다. 이제까지 얼어붙었던 땅이 풀려 씨앗을 심고 있는 과정이다. 언젠가 꽃이 필 수도 있겠지만, 태풍과 같은 외부 요인으로 인해 싹도 틔우지 못하고 바람과 홍수에 씨가 흔적도 없이 사라질 수도 있다. 그런 후 더 심각한 대치 상황이 재현될 수도 있다. 진보와 보수는 서로 균형을 이루면서 한 곳을 바라보아야 한다. 진보의 탈을 쓰고 맹목적인 북한 찬양을 해서는 안 된다. 그처럼 보수의 가면을 쓰고 화해 분위기를 다시 얼려버려 많은 사람에게 불행을 주어서도 안 된다. 두 눈동자가 좌와 우 서로 자기 방향으로만 가겠다는 고집이 아닌(자신들의 이익만 좇겠다는 것이 아닌), 초점이 한반도의 평화에 맞추어져야 한다.

그래야 돌아버리는 세상이 되지 않는다.

세상이 돌지 않게 하려면

코끼리 손을 하고
빙글빙글 돈 후 멈추면
세상이 돈다.

아니다, 내 눈동자가 움직여서이다.
눈이 이상할까?
아니다, 귓속의 전정기관 속
림프액이 출렁대어서이다.

보이는 것은 현상일 뿐이다.
원인은 보이지 않는 데 있다.

몸 안엔 귀와 눈이 소통하듯이
몸 밖엔 나와 세상이 소통한다.

림프액을 잔잔하게 만들어야만
중력을 거스르지 않고
좌와 우 조화를 이뤄

세상이 돌지 않는다.

*생각산책

태화강변 산책을 하다 비둘기가 모여 있는 것을 보았다. 가까이 가도 도망가지 않고 제 할 일을 열심히 하고 있었다. 먹이를 찾는 것인지, 한가롭게 노는 것인지 무척 평화로워보였다. 순간 '비둘기는 왜 사람을 겁내지 않는 걸까?' 하는 생각이 들었다.

그리고 스스로 답을 생각해내었다. 그들은 사람들이 자신들을 헤치지 않는다는 것을 알고 있으며, 비록 자신들을 잡으려고 해도 사람보다 먼저 움직여 도망갈 자신이 있음이 그 이유이다. 미래가 충분히 예측 가능한데 굳이 몸을 움직여 귀찮게 도망갈 필요가 없다는 것이다. 그래서 사람이 오든 오지 않든 평화롭게 자신들의 할 일을 하고 있는 거다.

비둘기도 이러한 자신감으로 여유롭게 사는데, 하물며 만물의 영장이라 자처하는 사람이 걱정에 사로잡혀 평온함을 잃어버린다는 것은 부끄러운 일이다. 우리는 살아가면서 얼마나 일어나지도 않은 일에 대해 걱정하는가? 미래가 불확실하다고 해서 걱정에 사로잡혀 산다는 것은 비둘기보다 더 못한 일이며, 만물의 영장임을 자처하는 인간으로서는 부끄러운 자화상이다.

자신을 믿어야 한다. 우려하는 일은 잘 일어나지 않는다는 것과 설사 일어난다고 해도 충분히 극복할 수 있다는 것을. 비둘기가 날아가지 않고 유유히 제 할 일을 하는 것처럼, 사소한 일에 대해 걱정하지 말고 평화롭게 살아가면 되는 것이다.

태화강에서

호박잎의 하얀 실핏줄.
땅 밑 뿌리에서 연결된
땅 위 보이는
호박잎의 하얀 혈맥.

내 보이는 삶이
땅속 무의식에
뿌리를 내리고 있었구나.

탐스러운 둥근 호박 하나
달릴 꿈을 꾸어 본다.
어두운 땅속에서
뿌리를 뻗는 호박의 꿈.

내 삶에도 그런 아름답고
실한 호박 하나 달리게 되기를

*외로우니까 하나님이다.

가을이 되니 더 외로워지는 것 같다. 외로움이란 인간이면 피해갈 수 없는 본성의 하나이다. 창조론으로 이야기하자면, 하나님도 외로워서 인간을 만들었다. 부족할 것이 하나도 없는 존재인 하나님에게도 부족한 것이 꼭 하나 있다면, 역설적이게도 하나라는 것이다. 기독교에서 하나님이란 명칭을 사용한 것이 하나라는 말과 존칭 님이 붙여져서 하나님이 된 것이다. 하나인 것은 외롭기 마련이고 하나님도 그것만은 피해갈 수 없었다. 그래서 인간을 만든 것이다. 다윈의 진화론적 관점에서 설명해도 마찬가지다. 만약에 인간에게 외로움이라는 유전자가 없었다면, 지금 인간은 존재하지 않았을 것이다. 외로워야 누군가를 갈망하게 된다. 누군가를 갈망해야 종족을 이어갈 수 있게 되는 것이다. 외롭지 않다면 혼자 살다 혼자 죽으면 그만이다. 그렇다면 후손을 이어가기 어렵다.

외로움은 사람의 본성이다. 성경에 사람은 하나님의 형상대로 만들고 입김을 불어 넣어 생명을 주었다고 한다. 그 입김이란 것이 하나님의 본성이다. 그렇기에 하나님의 본성을 받은 인간은 근본적으로 외로울 수밖에 없는 존재가 되는 것이다. 사람이 외로운 것은 진화론이나 창조론을 보더라도 당연하다. 외롭지 않으면 사람이 아니다. 외롭지 않으려 결혼을 해도 근본적인 외로움은 사라지지 않는다. 왜냐면, 외로우니까 사람이기 때문이다.

외로우니까 하나님이다

하나님은 혼자가 외로워
사람을 만들었다.
하나님 가슴에 뿌리내린
사람의 가슴에도
외로움이 담겨 있다.

하나님은 혼자가 외로워
사람을 사랑하셨다.
사람에게도 외로움을 줘서
서로 사랑하게 하였다.

그러나 여전히 하나님도 외롭고
사랑을 해도 여전히
사람도 외롭다.

사람들은 '사랑하는 하나님'
이라고 기도를 한다.
그렇게 기도를 하도록
하나님이 가르쳤다.

그래도 하나님은 여전히 외롭고
사람도 여전히 외롭다.

'외로우니까 사람이다'라는
정호승 시인의 시처럼
외로우니까 하나님이다.

*진주가 된 아픔들

살다 보면 힘들 때가 있다. 앞이 보이지 않을 때, 사람들에게 상처를 받을 때. 그런 상황이 되면 절망하게 되기도 하고, 그 힘듦을 발판으로 삼아 다시 일어나기도 한다. 돌이켜보면 많은 사람에게서 상처를 받았다. 감성이 여린 탓인지 조그만 일에도 상처를 받았고, 그 상처는 오랫동안 지속하였다. 받은 상처에 때로는 좌절했고, 때로는 다시 힘을 내었다. 어찌 보면 50살이 될 때까지 그런 상처는 계속되었다고 할 수 있다. 그런데 나이가 드니 상처받는 일에 약간 둔감해졌다. 내성이 생긴 탓일까? 인생이란 칠전팔기가 아니었다. 아마도 70전 80기 정도가 아니었을까? 그렇더라도 난 그 상처들을 시로 적었다. 상처 그대로 놔두었다면 곪아 터졌을 테지만, 시로 적으니 그것은 진주가 되었다. 앞으로도 많은 상처를 받을 것이다. 그때마다 난 다시 일어설 것이다. 그리고 시를 쓸 것이다. 일어서면 아무것도 아님을 경험을 통해 알고 있다. 모든 것은 지나가고 지나가면 지금 문제가 된 일은 더 문제가 되지 않는다. 시가 된 나의 아픔들, 밤하늘에 별이 된 나의 아픔들.

별이 된 진주

밤하늘 별이 너무 총총해
제 마음도 맑아집니다.

가슴 밖 고통은
가슴 속 상처를 만들고
그 상처는 진주가 되기도 하고
그 상처는 나를 죽이기도 합니다.

지난여름 몸서리치던 빗방울
빗방울 한 방울 한 방울이
모두 못 방울로 내 가슴을 찔렀는데
그 물방울이 겨울, 밤하늘에
진주가 된 것 같네요.

아픔이 큰 만큼 진주의 빛깔도
영롱한 것이겠지요.

밤하늘 아래
빛을 내고 있는 나의 진주가
주렁주렁 자랑스럽습니다.

*가슴에 박힌 못을 빼며

나이가 50이 넘으니 옛날 일이 자꾸 떠오른다. 살아오면서 상처받은 일들. 가슴에 못 박힌 추억들. 이제는 그 못 들을 빼내고 싶다. 과거 내 가슴에 박힌 못 들을 하나하나 빼주며, 아픔을 어루만져주고 싶다. 글쓰기는 치유의 기능이 있다. 과거의 아픈 추억들을 꺼내어 하나하나 보듬어 주어 그 아픔을 향기로 만들고 싶다.

그리고 더 이상 과거에 받은 상처로 하여 아파하고 싶지 않다. 아픔을 추억의 향기로 승화하고 싶다.

슬픈 비 내렸던 날

비 내리는 추운 봄,
찬 바람 부는 다리를
울먹이며 누군가를 찾아오가는
한 남자가 보여

치친 마음, 젖은 몸으로
강변 어느 포장마차에서
홀로 술 마시는 그 남자.
술잔 드는 손이 어두워 보여.

술잔 밖에는 여전히
세찬 비, 세찬 바람 불고
그 남자 눈에서 뚝~뚝
하얀 목련이 떨어지고 있어

가을이 되었어.
내 눈엔 아직 그 남자가 보여
이젠 돌아가 안아주고 싶어
너무나 아파한 젊은 나를.

내 눈엔 아직 그 남자가 보여

이젠 돌아가 말해주고 싶어

더 아파하지 말라고, 그 아픔까지

아름다운 추억 되었노라고.

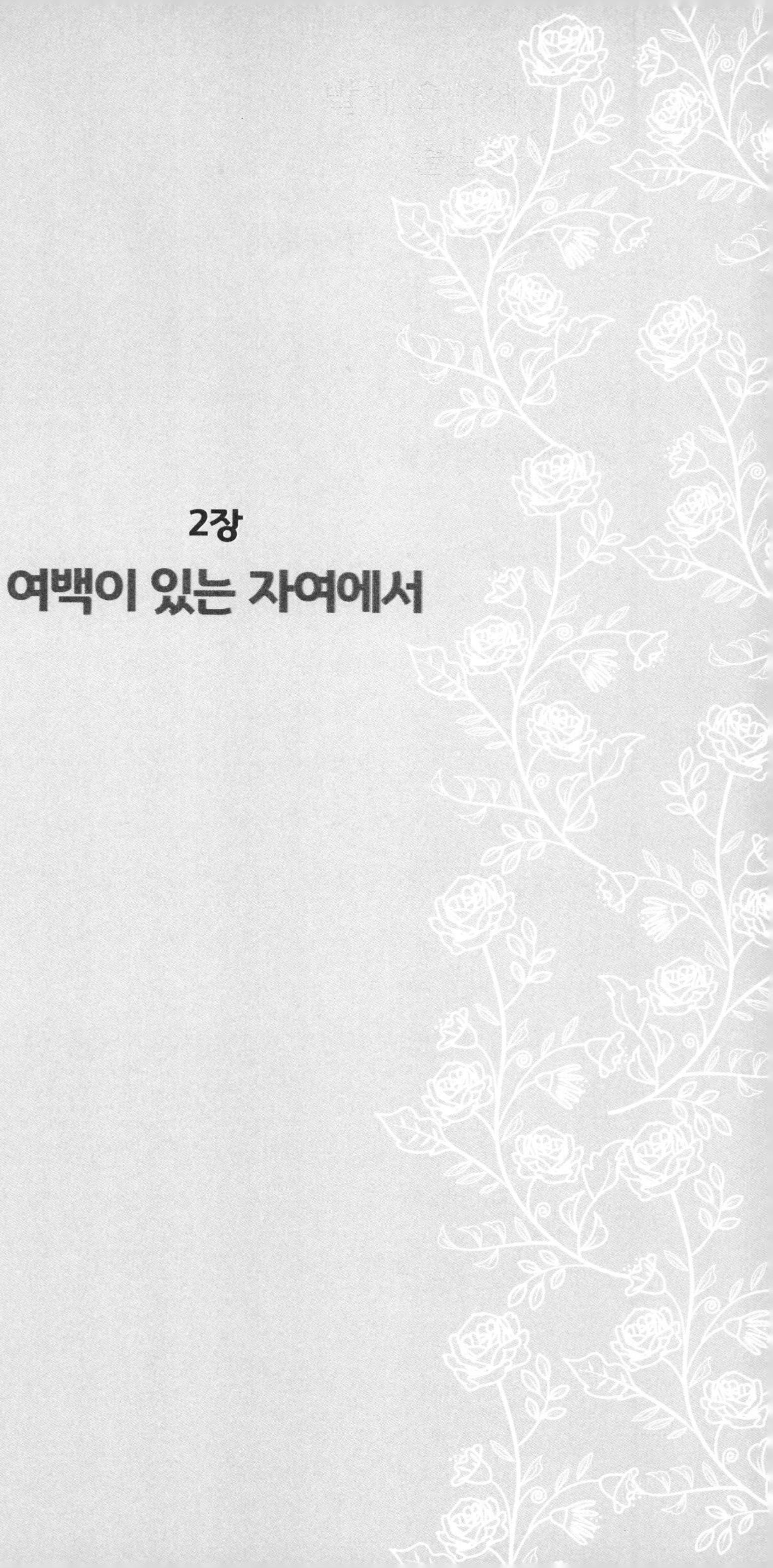

2장

여백이 있는 자연에서

2부. 여백이 있는 자여에서

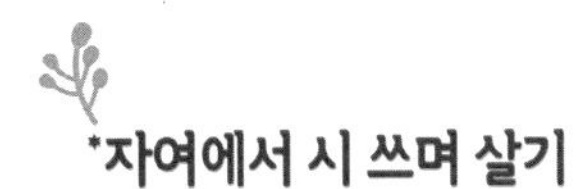

*자여에서 시 쓰며 살기

자여는 창원 인근에 있으며, 진영과 붙어 있는 곳이다. 자여에 있는 모 한의원에서 3개월 간 사무장을 한 적이 있었다. 이 시기는 진정한 나를 되돌아보게 했으며, 욕심을 내려놓는다는 것의 의미를 알게 해주었다. 마음껏 생각하고, 글을 쓰며 살았다. 돈에 대한 욕심을 내려놓으니 아이 같은 마음이 생겼다. 그래서 동시를 많이 썼다. 아이의 마음을 가지고 살고 싶었던 꿈을 이곳에서 이룰 수 있었다.

내가 있었던 한의원 부근에는 초등학교가 있었기에 매일 아이들의 음성이 창밖에서 들려왔다. 그리고 근처에 철새의 낙원 주남저수지가 있었기에 매일 새소리도 들려왔다. 여기에 머무는 동안은 참 한가롭고 평화로웠다. 돈에 대한 욕심을 비우니, 마음속에는 욕심이 빠져나간 공간이 여백으로 남았다. 이 글은 그 여백에다 쓴 글이다.

한 번쯤 내가 사는 공간을 떠나 시골에서 살아보는 것도 좋다. 시골로 가지 못하는 이유는 대려고만 하면 누구나 열 가지도 넘게 댈 수 있을 것이다. 하지만 떠나서 살아보면 그 삶이 평생 후회하지 않을, 떠나기를 참 잘했다는 이유를 열 가지도 넘게 댈 수 있을 것이다. 생각 속에 자리한 '떠나지 못하게 하는 그 무엇 때문에'라는 핑계를 들어내고, 그 공간에 '내 인생 소중하기 때문에'라는 핑계를 넣어야 한다.

이 글에서는 교훈이나, 인문학적 지식이나, 돈을 버는 방법은 찾을 수 없다. 하지만 이 글을 읽어보면 참 편하다는 것을 느낄 것이다. 왜냐하면, 글을 쓴 사람이 참 편한 상태에서 글을 썼기 때문이다.

자여는 도시와 농촌의 경계에 있다. 그렇기에 인근 시골에 사는 어르신 손님들이 많았다. 노인이 되면 어디 한 군데 안 아픈 곳이 없고, 의료보험 혜택으로 노인들은 하루 1,500원만 내면 진료를 받을 수 있었기에 많은 노인이 한의원을 찾았다. 그곳에서 생활하며, 그때그때의 일을 적었으니 시제가 현재형임을 감안하고 읽어주기를. 또한, 필자도 이 글을 읽을 때마다 현재형의 서술에 지금 그곳에 있다는 착각을 하곤 하여, 참 편한 느낌이 든다.

자여의 아침에

새소리와 풋배 꽃
햇해가

싱그런 아침을

선물로 줌

자여의 논두렁을 걸으며

쑥들과 눈 맞춤하며

그대를 생각함.

***여백이 있는 자여에서**

논두렁길을 생각하고 자여란 곳에 왔으나, 생각보다는 그렇게 시골이 아니다. 아파트, 빌라, 주택 등이 많이 들어서 있고 길을 따라서는 상가도 들어서 있다. 그런데, 도로 하나 건너서는 전형적인 농촌이다. 논두렁길이 있으며, 미나리를 재배하는 곳, 배 과수원도 보인다. 사업을 하다가 그만두고 쉬고 있던 나에게 이곳에서 일할 생각이 없느냐는 제안이 들어왔다. 시골에서 일하면서 글을 쓰면 힐링도 되고 좋을 것이라는 아내의 적극적인 권유에 동의했고, 이곳 자여로 오게 되었다. 이곳 한의원에는 어르신들이 주 고객이다. 앞으로 이분들과 소통하면서 지낼 생각을 하니 괜히 즐거워진다.

여기 도착하여 처음 머리에 스민(생각이 드는 것을 생각이 스민다는, 물이 스미듯이) 생각은 참 팍팍하게 살았다는 것이다.

〈많은 시간을 아귀처럼 살았고, 여유도 없이 이리저리 치인 삶을 살았구나. 내 몸, 오십 년 동안 고생 많았다. 집을 가꾸듯 몸도 가꾸며 살아보자. 그리고 여유를 갖자. 글도 쓰고 농촌의 냄새도 맡고. 가능하다면 내 생활이 담긴 시를 써보자. 또한, 농촌 어르신들의 삶도 시로 적어보자. 살아온 삶 자체가 시가 되고 문학이 되리라. 여기에서 삶과 어르신들의 삶에 시적 감성을 넣는다면 지루하지 않은 시가 되리라.〉

시는 상징이고 압축이고 이미지다. 하지만 아니다. 그것은 지금까지 가져온 시에 대한 나의 편견에 불과하다. 더 이상 소수만을 위한 시를 쓸 것이 아니라, 읽으면 그대로 이해가 되고 감동이 되는 그런 시를 쓰자. 문학성만을 위한 시 말고, 삶이 그대로 시가 되고 시가 그대로 삶이 되는 그런 시를 쓰자. 누구나 읽기만 하면 이해할 수 있는 쉬운 시를 쓰자.

비가 살짝살짝 봄바람으로 내리는 아침. 자여의 들판에 이름을 지었다. "여백이 있는 자여"로

여백이 있는 자여

"여백"

아직은 빈 들판,
이제 곧 초록으로 난리가 나겠지.

그리고
내 들판에도 곧 초록색으로 색칠되리라.

내려놓아야 한다.
욕심을 내려놓고

그저 그렇게 살면 되리라.

*로션 바른 아침

여기서는 모든 것이 한가롭다. 물속에서 노는 개구리처럼. 필요할 때만 잠시 일어서면 된다. 느릿느릿 걸어도 흉이 되지 않는다. 뒷짐 져도, 호주머니에 손을 넣고 걸어도, 울산 내 삶에서 지적을 당하던 것들에서 벗어난다. 내가 있는 이 근처에 초등학교가 있다. 아침엔 학교 가는 아이들의 재잘거림, 오후엔 집에 가는 아이들의 재잘거림, 그 재잘거림이 참 정겹게 느껴진다. 지나가는 아이에게 손을 흔들었다. 이제 초등학교 1학년이나 되었을까? 아이가 웃으며 손을 흔들어 준다. 너무도 귀여운 모습이다. 바쁠 것이 없는 곳, 느리게 사는 것에 익숙해지면 좋겠다.

비가 내린다. 이 비는 땅속의 들 풀씨를 깨우고 나무를 적셔 이파리를 불러내고 내 마음속의 세포들도 촉촉이 적셔 얼굴에 환한 들꽃들을 피우게 하리라. 근처에 절이 있다고 하는데 한번 가 보아야겠다. 저수지도 있고 경치도 좋다고 한다. 어슬렁어슬렁 걷다 보면 한 편의 시도 건질 수 있으리라. 그동안 좋은 것이 무언지 모르고 살았다. 이 '여백'에는 그 좋은 것들로 가득 채우고 싶다.

햇살이 로션을 바른 아침

아침에 비 내리더니
오전이 끝날 무렵 햇살이 비춘다.
비가 세상에 스킨을 발라주고
햇살이 세상에 로션을 발라.
지금 세상은 참 예쁘다.

*있을 곳에 언제나 머물러 있는 아내

아내의 전화를 받았다. 집에 돈이 다 떨어졌다고, 지금 나에겐 돈이 없다. 그래도 아내는 이 상황을 긍정적으로 받아들이자고 한다. 고마운 일이다. 전에 다니던 회사가 법정관리를 신청하는 바람에 아직 월급을 받지 못하였다. 그것만 있어도 해결될 일들이 해결되지 못하고 경제적 어려움에 처해 있다. 집을 팔려고 내어놓았으나 집도 팔리지 않고, 하지만 걱정하지 말자고 한다. 하나님이 어떻게 해결해 주실지 궁금하단다. 아내도 많이 변한 것 같다. '돈이 없으면 행복은 창문 밖으로 달아난다.'라는 말이 있다. 그런 경우를 많이 보아왔고 우리도 많이 겪었다. 하지만 희망이 있으면 말은 달라진다. 잘 된다는 믿음이 있으면 아무리 돈이 없더라도 그 상황을 이겨낼 수 있다. 돈이 없으면 불편할 따름이다. 어떤 경우에도 부정적으로 생각하지 말자는 아내의 말에서 힘을 얻는다. 해콩, 햇과일 등 곡식과 열매에만 '햇'을 붙이란 법은 없다. 새해에 떠오르는 해도 '햇해'라 할 수 있다. 아니, 매일 떠오르니 매일 태양이 햇해이다. 매일 환한 희망을 품고 살 일이다.

햇해에는

햇해에는
맑은 웃음 하나 갖자.
함박꽃처럼 환하고
바람에도 꺾이지 않는
견고한 웃음 하나 지니자.

햇해에는
정말 푸르게 살자.
하늘조차 질투하고
바다조차 시샘할
파란 사랑으로 살자.

햇해에는
정말 정말 햇살로써 살아가자.

*한의원에서 만난 어르신들

내가 머문 곳은 한의원이다. 이곳에는 할머니와 할아버지가 주 고객이다. 나이 드신 분들은 아픈 곳이 많다. 이분들이 와서 지급하는 돈은 천오백 원이다. 나머지는 보험으로 처리한다. 할머니 할아버지 중에는 매일 오시는 분들도 있다. 세월의 무게에 눌린 병들이 대부분이다. 문득 그런 생각을 하였다. '대한민국은 참 좋은 일을 한다.'라는 '노인들의 병을 보살피는 국가의 시스템이 참으로 효도를 하는구나.' 라는, 효도는 자식의 몫이었는데, 이제는 효도조차도 국가가 한다. 자식들은 바쁘고 정신없이 살아가는데, 그런 자식들을 대신해 국가가 노인들을 보살피고 있다. 정치인들 욕을 참 많이 하였는데, 이런 시스템도 만들었구나. 오늘 아침 정치인들 칭찬을 한다. 드물게.

변하나 할머니(실명이 아니라 하나, 둘, 이렇게 순서대로 이름을 적는다.)

진료를 마치고 나와서 차를 한 잔 마시며 소파에 앉았다. 그리고 나에게 말을 걸어주었다. 선거철만 되면 전부 도둑놈들이 판을 친단다. 나름대로 정치에 대한 자기 생각을 말한다. 장애인, 노인들에게 정부에서 돈을 줄 것이 아니라 젊은 사람에게 투자해야 한다. 그래야 아이를 낳는다. 요즈음 결혼 자체를 하지 않으려 한다. 여자들이 눈이 높아져 웬만한 남자와는 결혼하려 하지 않는다. 남자들이 참 불행한 시대에 사는 것 같다. 옛날에는 결혼 못 한 남자가 있으면 마을에서 처녀를 소개하고 했는데, 어른들이 다음 세대에 참 못하는 것 같다. 그러면서 중요한 마지막 이야기

"사무장님 인상이 참 좋은 것 같아요."

하하하, 사람 보는 눈이 있는 할머니다.

한의원에서 1 - 천천히 가라고

지팡이를 짚고 조금씩만
앞으로 발을 내딛는 할아버지.
천천히 가라고 가르친다.
왜 그렇게 빨리만 가려 하느냐고
한 발자국 뗄 때마다
발자국이 말을 한다.

허리가 90도로 굽은 할머니
겸손해지라고 가르친다.
잘난 체하기보다

먼저 허리를 숙이면
싸움은 없어진다고
한 발자국 뗄 때마다
허리가 말을 한다.

한둘 할머니(83세)

간병인과 항상 함께 오시는 할머니다. 오실 때마다 항상 하나씩 이야기를 하신다. 첫째 날은 쑥 캐러 가신다는 이야기, 두 번째 날은 미장원 가신다는 이야기, 그리고 오늘은 나에게 말을 걸어 주었다.

"어디서 왔는교?"

"울산에서 왔습니다."

"악수나 한번 합시다."

하면서 손을 내미신다. 할머니와 악수를 하고 나니 기분이 좋아져 웃음이 나왔다. 할머니는 나에게 작은 즐거움을 주셨다.

한의원에서 2 - 쉬면서 가라고

무거운 걸음으로 와서는

데워진 침대에 누워
찜질을 하면서 쉰다.

침을 맞고 뜸을 뜨면
헐렁해진 신경이 당겨지고
주름 미소 지으며 나간다.

바쁠수록 쉬면서 가라고
한 발자국 뗄 때마다
몸이 말을 한다.

박 넷 할아버지

올해 80인 할아버지인데 말씀을 많이 하신다. 자여에 온 지는 30년이 넘었다고 한다. 이곳에서 자리를 잡았는데, 이 동네에서 가장 큰 마트가 자기 집에 세 들어 있다고 한다. 요즈음 경기가 어려워 월세를 300만 원에서 50만 원을 깎아 지금은 250만 원만 받는다고 한다. 집이 네 채라면서 월세만 한 달에 700만 원이라며 자랑한다. 아들만 4명인데 지금은 다 장성했다고 한다. 그렇지만 두 명을 아직 장가를 보내지 못해 걱정하신다. 혼자서는 걸음을 걷지 못하고 휠체어를 타고 다니신다. 한의원에는 할머니가 휠체어를 밀고 오고 밀고 가신다. 큰

아들이 창원에서 회사에 다니는데 경제가 어렵다고 걱정을 한다. 한의원에는 오전 내내 계시며, 치료를 받는 분들과 이런저런 말씀을 나누신다. 여기 오시는 어른들은 전부 자식 자랑, 자식 걱정이다. 우리 어머니도 그러하시겠지.

한의원에서 3 - 미소 나이테가 말을 한다.

소풍이 끝날 즈음의 피곤함과
아쉬움이 교차하는 시간.
곧 어둠이 내릴 것을 알지만
그들에게 자식은 등불이다.

누구나 피해갈 수 없는 모습
단지 그 시간까지
천천히, 겸손하게, 쉬면서,
좀 더 웃으며 살아가라고
미소 나이테가 말을 한다.

김세나 할머니(95세)

우리나라 나이로 95세. 그런데 아직 정정하다. 혼자 사시는데도 살림이고 뭐고 척척 해내신단다. 장수하는 것. 참 큰 복이라는 생각이 들었다. 할머니에게는 많은 자손이 있다고 한다. 큰딸이 76살이라고 하고 큰아들이 70살이라고 한다. 그에 딸린 자손들이 아주 많다고. 지금 손자의 손자까지 보셨다고 한다. 명절에 한번 모이면 바글바글 하다고. 정말 복이 많은 할머니다. 자식들이 걱정된다고 함께 살자고 한다는데, 감옥살이하기 싫어 이곳에서 혼자 사신단다.

문득 어머니 생각이 났다. 기력이 많이 쇠하셔서 걸음도 제대로 걷지 못하신다. 그런데도 콩나물 장사를 하신다. 수레에 콩나물 통을 싣고 그것을 의지하여 걸어 시장에 가신다. 집에 계시는 것보다 운동도 되어 육체적 건강에 좋고, 시장에서 다른 아주머니와 이야기를 나누시는 것이 정신 건강에도 좋을 것 같아 말리지는 않지만, 항상 걱정이다. 그래서 어머니 집으로 이사를 했는데, 갑자기 이곳 자여로 오게 되었다. 집에는 아내와 큰아들이 있다. 아내와 어머니는 사이가 아주 좋다. 그래서 멀리 있지만 큰 걱정은 하지 않는다. 어머니는 무엇보다 돈 버는 것을 즐거워하신다. 김세나 할머니가 나가면서 씩 웃으셨다. 그 웃음이 참으로 해맑다.

한의원에서 4 - 할머니 차

유모차 위에 햇살이 내리고
나비도 앉았다 가고
바람도 쉬었다 간다.

앞바퀴엔 즐거웠던 일
뒷바퀴엔 힘들었던 일

네 바퀴가 돌며
할머니 다리가 된다.

유모차를 끌고 시장엘 가고
유모차를 끌고 병원도 가고

유모차는 늙어
할머니 차가 되었다.

백다섯 할머니

걸음이 매우 불편하신 할머니다. 다리에 힘이 없어 오늘 문 앞에 주

저앉으셨다. 다행히 다른 상처는 입지 않았지만, 큰일 날 번했다. 버스 기사가 자기를 잘 못 내려 주어서 한 시간 반이나 걸어오셨다고 한다. 불편한 다리를 이끌고. 건강한 사람들은 아픈 사람들의 처지를 모른다. 나도 이곳에 오기 전에는 똑같았다. 하지만 건강한 사람들이 몸이 불편한 사람들에게 조그만 배려를 해주어도 그들에겐 큰 도움이 된다. 남을 돕는다는 것, 큰돈이 있어야만 할 수 있는 것이 아님을 새삼 깨달았다. 치료를 마치고 나온 할머니는 소파에 잠시 쉬었다가 다시 걸어가셨다.

한워원에서 5 - 할머니 얼굴

할머니 얼굴은 꽃밭입니다.

주름 고랑마다
자식들이 피었어요.

자식들이 잘되면
주름 고랑 하나에
기쁨 꽃이 피어요.

자식들이 잘 못 되면
주름 고랑 하나에
슬픈 꽃이 피어요.

할머니 얼굴은
자식 사랑 밭입니다.
할머니 얼굴은
자식 걱정 밭입니다.

할머니의 얼굴에는
자식 사랑, 자식 걱정
꽃들이 만발합니다.

주름투성이 할머니 얼굴이
아름다운 까닭입니다.

***나무들의 핸드폰**

아침 자여 마을을 걸어오는데, 주택 곳곳에 목련이 피었다. 어제까지는 보지 못했는데, 오늘 약속이나 한 듯이 이집 저집 목련이 활짝 핀 거다. 나무들은 어떻게 의사소통을 하여 한 번에 꽃을 피울까, 말도 못 하는데. 그런 생각을 하던 차에 새소리가 들렸다. '아하 저거구나.'

나무들의 핸드폰

나무들도 핸드폰이 있다는 사실을 알아?

에이, 거짓말
진짜야 핸드폰이 없으면 어떻게 한 번에
꽃을 피우지?

그래도 말을 못 하니까 핸드폰을 사용 못 할 거야.
새들이 아침마다 왜 지저귀는지 아니?

이 나무에서 저 나무로 옮겨 다니며
나무들의 말을 전하는 거야.

꽃을 피울 때와

이파리를 낼 때와
열매를 맺을 때를

이 나무 저 나무로 옮겨 다니며
나무들의 말을 전하는 거야

그래서 나무들은 한 번에 꽃을 피우는 거야.
새들이 나무들의 핸드폰이지.

*봄, 꽃이 피고 꽃이 지고

새벽에 비가 한두 방울 떨어지다 멈췄다. 날씨는 흐리다. 비가 올까 기대를 했지만 비는 내일 온다고 한다. 비가 내리는 수요일이 벌써 기다려진다. 여백에 비가 가득하면 어떨까? 잠을 깬 풀꽃들이 쑥쑥 올라오겠지. 근처에서 쑥이 사이좋게 무리 지어 핀 곳을 발견. 쑥 캐서 된장국 끓여 먹어야겠다. 아이들이 학교에 간다. 우산을 든 아이, 우산을 들지 않은 아이 색색이 운동화를 신고 재잘대며 가는 모습이 너무 평화롭다.

아내와 전화 통화를 했다. 전화를 잡으면 기본이 30분이다. 아내는 나에게 이야기하는 것으로 힐링을 한다. 그런데 나와 떨어져 있으니 말할 상대가 없어 답답한 모양이다. 그러니 전화기를 들으면 끊을 줄 모른다. 그런 아내가 귀엽기도 하고 안 됐기도 하다. 하지만 떨어져 있는 시간도 필요한 것 같다.

아침, 길을 걷다 보니 목련이 떨어져 있는 것을 보았다. 피었다 싶더니 금방 져버렸다. 항상 그랬다. 목련이 필 때면 비가 내렸다. '목련시샘비'라는 생각이 들 정도로. 양희은의 노래 중에 '하얀 목련이 필 때면, 다시 생각나는 사람' 이런 가사가 있다. KCC에 다닐 때가 생각난다. 20년도 더 되었지만, 꼭 이맘때 목련처럼 울산 울기등대 절벽 아래로 떨어져 버린 여직원이 하나 있었다. 해마다 목련이 필 때면 그 여직원이 생각난다. 목련시샘비에 떨어져 버린 그때 그 직원을 생각하며 시를 한 편 적었는데, 지금 그 시도 어디론가 사라져 찾을 수가 없다. 그날, 울기등대에서는 등대의 희망과 낙화의 절망이 교차하고 있었지만, 그것도 모른 채 난 태어난 아기를 위해 우유병을 삶고 있었다. 그 아이가 다 커서 제대를 하였고, 또다시 목련이 피었다 지고 있다.

아침, 자여를 걸어오는 길에는 안개가 자욱했다. 앞이 보이지 않을 때는 천천히 가는 것이 상책이다. 천천히 가면서 시간을 가지고 앞을 살피면서 가야 한다. 자여의 들판 여백은 안개로 가득했다. 여백은 여유를 의미하지만 언제든 무엇이든 채울 수 있는 여지가 있다는 것을 의미하기도 한다. 봄 들판에 가득한 안개는 땅의 입김 같았다. 풀씨들을 따뜻하게 감싸는 어머니 품 같았다. 씨를 깨고 나오느라 힘이 들었을 어린 풀들에 따뜻하게 호호 부는 어머니의 입김 같았다. 목련이 지는 오늘 떨어져 버린 그 여직원을 생각하며 다시 한 편의 시를 적는다.

목련꽃이 질 때면

목련꽃이 질 때면
울기둥대가 생각난다.
몸서리치게 비가 내렸고
울창한 솔숲의 소나무들
솔잎 바늘마다 맺혔던
눈물들.

스무 살의 목련꽃이
울기둥대 밑으로
밑으로 떨어질 때
난 아기의 우유병을
삶고 있었다.

*새봄이 찾아왔다.

또다시, 비가 부슬부슬 내린다. 벚꽃이 만발을 기다리고 있고 풀들이 쑥쑥 자라나고 있다. 새들의 소리가 어딜 가나 들린다. 심지어는 화장실에까지. 알고 보니 차로 10분 거리에 주남저수지가 있단다. 새들이 많기로 소문난. 그래서 이곳에서는 새소리가 많이 들리는구나. 조만간 주남저수지도 한번 들러야겠다. 그곳에서 새들이 무슨 말을 하는지 들어보자. 할 말이 참 많을 듯.

벚꽃이 팡팡

팡 팡 팡 팡
아이 시끄러워

팡 팡 팡 팡 팡
잠을 못 자겠네

팡팡팡팡팡팡팡팡
봄은 밤을 새워

나무마다 꽃 박상
튀겨놓았네.

***커피를 마십니다.**

식목일이자 아내의 생일이다. 옛날에는 공휴일이었는데, 지금은 그렇질 않다. 공휴일이든 아니든 나무 심기에 좋은 날임에는 분명하다. 집 마당에 채소라도 좀 심어야지. 계속 심어야지 심어야지 생각만 했는데, 이번 주말에 울산 집으로 가면 세상없어도 몇 가지 채소라도 심어야겠다. 아내의 생일 기념하여 드라이브라도 가야겠다. 주전 넘어가는 옛길에 벚꽃이 만발했겠다. 벚꽃 길을 지나 바다로 가야지, 바다 가서 커피도 한잔 마시고. 어제까지 감기에 걸렸는데 오늘 아침 많이 나아졌다.

아침에 날씨가 맑더니만 금세 흐릿하다. 봄 날씨는 확실히 변덕이 심하다. 지난주 비 오는데 국도로 가니 시간이 비슷하게 걸렸다. 오늘은 밀양으로 넘어가 보아야겠다. 왔다 갔다 하는 것이 힘들긴 하지만 그래도 재미있다. 봄 길을 달리며 만개한 봄의 감흥에 젖어보아야겠다. 사는 것이 재밌다. 돈이 없는 것이 흠이지만.

커피를 마십니다.

커피를 마십니다.

입안으로 달콤함이 스미면
혀가 그대라는 버튼을 누르고

혈관의 피가 머리로 올라가
그대라는 방문을 엽니다.

그대와의 기억들이
천천히 피를 타고 내려오면

가슴에서는 꿀벌들이 윙윙대고
꽃들이 피어납니다.

커피를 마시면
난
그대와 함께 있습니다.

*마음 청소하기

매일 청소를 하는데, 매일 먼지가 쌓인다. 하루 분량의 먼지는 걸레를 시커멓게 만든다. 우리의 마음도 그렇지 않을까. 매일매일 청소를 하지 않으면 먼지가 쌓여 본래의 모습을 찾을 수 없게. 나의 가슴엔 얼마나 많은 먼지가 쌓였을까. 돌의 수준을 넘어 철판의 수준이 되지 않았을까? 켜켜이 쌓여 아무리 청소를 해도 깨끗하게 되지 않을 수도 있다. 그렇지만 이제부터라도 쌓인 먼지를 엉겨 붙은 먼지를 하루하루 닦으며 살아야겠다. 그러면 먼지라도 닦이면 빛이 나지 않을까? 윤동주의 참회록에 나오는 구리거울처럼.

천성이 게을러서 그런지 청소하기를 정말 싫어한다. 그런데 오늘 아침 청소를 하다가 문득 이런 생각이 들었다. 청소하는 행위는 곧 내 마음을 청소하는 것이라는. 주위가 깨끗해지면 덩달아 내 가슴도 깨끗해지는 느낌. 그래서 매일 먼지 낀 가슴을 청소한다는 기분으로 청소를 할 생각이다.

목련이 피고 지고, 벚꽃이 피고 지고, 개나리가 피고 졌다. 이제 본격적으로 봄이 시작되리라. 쑥도 쑥쑥 클 것이고, 풀도, 나뭇잎도 초록색으로 자라나겠지. 그러면 온 세상이 초록색이 되리라.

초록색이 되겠다.

겨우 내 땅들은 밑그림을 그렸다.
바람이 부드러운 바람을 데려오고
구름이 멀리서 아기 비를 데려오고
이제 해가 그림을 그린다.

하얀색 물감으로 목련을
빨간색에다 흰색 물감을
약간 섞어 진달래를
흰색에다 빨간색 물감을
약간 섞어 벚꽃을
노란색 물감으로 개나리를

이제 해가 초록색 물감을 들었다.
가슴이 온통 초록색이 되겠다.

*어머니 집으로의 귀환

3월의 마지막 날이다. 3월을 돌이켜 보면 내 인생에 기록될 만한 몇 가지 일들이 있다. 첫째는 내가 자란 어머님 집으로 이사를 했다는 것. 결혼하면서 본가를 떠난 지 23년 만에 다시 들어왔다. 다시 집으로 돌아오니 마음이 편안했다. 또한, 빌라, 아파트에서 살다가 주택에서 지내니 아기자기한 맛이 나서 좋았다. 아내도 주택 생활에 나름 만족하는 것 같아 다행이다. 그런데, 집을 또 떠나 여기 자여로 왔다. 이것이 기록될 두 번째 일이다. 모든 것을 내려놓고 온 자여. 이곳에서는 심적인 여유가 있어 무엇보다 좋다. 그리고 바쁘다는 핑계로 글쓰기를 하지 않은 지가 언제부터인지 생각이 안 날 정도인데, 다시 글을 쓸 수 있어 좋다. 셋째는 작은아들 성호가 대학교에 갔다는 것. 아이 인생에도 큰 의미를 지니는 것이지만 부모인 나에게도 큰 의미를 지닌다. 고등학교 시절 무척 많이 방황한 아이인데, 그래도 무사히 대학에 입학하게 된 것에 대해 하나님께 감사드린다. 넷째, 큰아이의 군대 제대이다. 훈련소에 입소한 것이 그리 오래되지 않은 것 같은데, 벌써 제대를 하였다. 큰아이에게는 지루한 세월이었겠지만. 무사히 제대해준 것에 대해서도 하나님께 감사드린다.

비가 내린다. 이 비는 세상을 씻어 시원하게 만들고, 내 욕심도 씻어 가슴도 시원하게 만들어 주리라.

나무가 시원해졌습니다.

배꼽을 바람이 간질이자
나무가 웃기 시작합니다.
하하하 하하하
꽃이 활짝 피었습니다.

팔을 햇살이 간질이자
나무가 가려워
몸을 비틉니다.

비가 내려 가려운 데를
살살 긁어 주었습니다.
새싹이 나오며
나무가 시원해졌습니다.

*씨(ㅅ詩) 하나 심고 싶다.

주말부부 3주 차다. 주말마다 울산에 가는데 왜 그렇게 바쁜지. 다른 사람 만날 시간이 없다. 3월 29일 토요일, 울산 집으로 출발. 봄비가 촉촉이 대지를 적셨다. 지난주에 고속도로로 갔는데 김해 부근에서 차가 많이 막힌 것이 기억나, 진영을 거쳐 국도로 갔다. 모처럼 우리 가족이 다 모인 날이다. 어머니와 두 아들, 그리고 우리 부부. 이렇게 다 모인 게 얼마 만인지. 그동안 본가를 떠나 살던 우리 아이들에겐 할머니는 할머니일 뿐 우리 가족의 일원으로 인식되지 않았던 것이 사실이다. 그렇지만 이제부턴 우리 가족에 할머니가 포함되는 것으로 인식하기 시작했다. 집에 가던 길에 삼겹살을 사서 어머니와 우리 가족이 함께 저녁을 먹었다. 창밖에는 봄비치고는 많은 양의 비가 내렸다.

30일 아침 새벽 3시 30분, 잠이 깨었다. 비는 가로등을 울게 만들어 눈물이 뚝뚝 떨어졌다. 잠자리를 뒤척이다 도저히 잠이 오지 않아 현관으로 나갔다. 주택 현관은 비의 체온을 느낄 수 있어 좋다. 아파트와는 다른 느낌. 우리 집 맞은편에 있는 학성타운 아파트가 보였다. 그곳에서 한 10년을 살았다. 현관에 앉아 학성타운 아파트를 보니 정말 하나의 거대한 성 같았다. 그곳 옥상에서 우리는 아이들과 떨어지는 유성을 함께 보았다. 그러고 보니 이곳은 내 고향이고 많은 추억이 남아있는 곳이란 생각이 들었다.

30일 아침 아내를 교회에 태워주고 옥동 대공원을 찾았다. 비는 끝 무렵으로 약하게 내리고 있었다. 대공원 호숫가 벤치에 앉아 비를 보았다. 아니 비에 젖은 나무와 호수를 보았다. 참 이곳을 많이도 찾았는데, 힘들 때나 즐거울 때 대공원에 와서 내 마음이 호수의 마음에 많은 이야기를 했었는데, 이제 자주 이곳을 찾을 수 없음이 아쉬웠다.

30일 오후 아내와 우리 집 앞에 있는 방송국이 있는 동산을 찾아갔다. 그곳에도 많은 추억이 남아있다. 아버님이 돌아가시기 전 운동을 하던 곳이다. 방송국 주위를 몇 바퀴나 돌곤 하였다. 그리고 힘이 들면 쉬시던 작은 바위. 아이들은 그 바위를 할아버지 바위라 이름 지었다. 방송국 뒷산의 벚꽃도 아주 예쁘다. 아내와 귀염둥이 애견 축복이를 데리고 두런두런 이야기하며 동산을 올랐다. 산책길이 새로 조성되어 있었으며, 공연장도 새로 만들어져 있었다. 몇 년 못 온 사이 변화가 많았다.

씨(ㅅ詩) 하나 심고 싶다.

이 봄 누군가의 가슴에
씨앗 하나 심고 싶다.

민들레 홀씨처럼 떠돌다
누군가의 가슴으로 들어가
머물다

그 사람의 고통을 거름 삼고
그 사람의 눈물을 비 삼고
그 사람의 가쁜 숨을 공기 삼아

심장의 한 켠에서
꽃으로 피어나
온몸을 향기롭게 하는

이 봄 누군가의 가슴에
씨앗 하나 심고 싶다.

*콩나물 박사 임두남 여사

콩나물 장사를 하시는 어머니는 콩 박사님이다. 어떤 콩이 콩나물이 잘 되고 어떤 콩이 콩나물이 안 되는지 콩만 봐도 다 아신다. 콩 박사

님이 만든 된장은 색깔은 약간 까맣지만, 맛은 일품이다. 콩으로 된장을 만들 때, 어머니는 자식 생각을 하셨을 거다. 큰아들 요만큼 둘째아들 요만큼 막내아들 이만큼. 된장을 나누어주는 것은 사랑을 나누어주는 거다. 나에게서 된장은 어머니 사랑이다.

아침 된장국을 끓였다. 멸치와 된장을 망 안에 넣어 먼저 끓이고 된장 찌꺼기와 멸치를 들어내고 쑥과 콩나물을 넣었다. 된장과 쑥과 콩나물이 서로 어울려 부대끼며 보글보글 끓는 소리는 '사랑한다, 막내야.'라고 말하는 어머니 목소리 같았고, 구수하게 퍼지는 된장국 냄새는 유년의 기억에 저장된 어머니의 젖 냄새 같았다. 된장국을 떠서 입에 넣으니 쏴 한 쑥 냄새, 목을 따라 넘어가며 가슴 가득 퍼졌다. 그 맛의 이름을 붙였다. '어머니 사랑 맛 된장국' 울산을 떠나 멀리 있어도 난 지금 그 맛을 보고 있다.

어머니 사랑 맛 된장국

된장과 쑥과 콩나물이
서로 어울려 부대끼며

보글보글 끓는 소리는
'사랑한다, 막내야.'

구수하게 퍼지는
된장국 냄새는

유년의 기억에 저장된
어머니의 젖 냄새

된장국을 떠서 입에 넣으니
쏴 한 쑥 냄새,

목을 따라 넘어가며
가슴 가득 퍼졌다.

***4월에 쓴 동시**

동시를 잘 쓰려면.

아이가 하는 말은 전부 시다. 그것은 순수한 언어이기 때문이다. 학교에 다니면서 그런 순수한 언어들이 전염되기 시작한다. 말을 꾸미게 되고 머리를 써서 말하게 되어 본연의 말이 가진 뜻이 왜곡된다.

나이가 들어가면서 점점 말을 멋지게 하려하고, 이 말을 하면 상대방이 어떻게 받아들일까를 고민하기 시작한다. 말의 껍데기가 두꺼워지고 어려워진다. 나이가 들면 들수록 일반적으로 통용되는 언어로 말한다. 어린이 말은 그대로 시가 되는데 어른의 말은 시가 아니라 통속적인 표현이 된다. 그것은 어린이의 말을 잃어버렸기 때문이다. 동시를 쓰기 어렵다는 말은 이런 순수한 말을 잃어버렸기 때문이다. 동시로 말하고자 한다면 이런 어른들의 말의 껍데기를 걷어내야 한다. 그러면 동시가 너무 쉽다.

동시를 쓰려면 아이의 말을 찾아야 한다고 할 때, 말의 껍데기를 걷어내고 아이의 말을 찾으려면 어떻게 하면 될까? 첫째, 우리말을 써야 한다. 한자말이 아닌 우리말을. 아이들은 한자말을 쓰지 않는다. 둘째, 아이의 눈으로 사물을 바라보아야 한다. 아이는 모르는 것이 많기 때문에 호기심이 많다. 그래서 자신만의 눈으로 사물을 바라보며 의문을 가진다. 그 자신만의 눈. 그 눈이 아이의 눈이다. 어른들은 사물을 지식으로 대한다. 모든 것을 객관적이고 상식적인 측면에서 바라본다. 그렇기 때문에 자신의 말이 나오지 않는다. 아이의 말을 찾으려면 모든 것에 대해 자신만의 생각이 있어야 한다. 어른들의 객관적이고, 상식적인 말은 자신의 말이 아니다. 그 객관적이란 것, 상식적이란 것 또한, 얼마나 정확한 말일까?

이제 완연한 봄이다. 날씨는 포근하고 햇살은 부드럽다. 밴드, 페이스북에는 온통 봄꽃 이야기다. 이제 사람들은 떠날 일만 남은 것 같다. 꽃구경하러 봄 구경하러. 산이고 계곡이고 꽃 좋은 곳에는 꽃만큼이나 사람들로 북적대리라. 이번 봄에는 동시를 많이 쓰고 있다. 시골이라서 그런지 동시 쓸 거리가 참 많다. 하루에 몇 편씩이나 쓸 때도 있다. 지금처럼 글이 잘 될 때가 몇 번이나 있었던가? 시골이라서 그런지, 그렇게 생각해서 그런지, 마음이 편해서 그런지 어찌 되었건 좋다.

1. 콧구멍

우리 마음속으로
천사와 악마가 들어오고
우리 마음속에서
천사와 악마가 나가요.

그 구멍은 우리 콧구멍.

천사가 들어오면
얼굴에 웃음이 그려지고
악마가 들어오면

얼굴에 심술이 그려져요.

천사는 언제나 오면 되지만
악마가 들어오려 하면
막을 수 있어요.

숨을 멈추고
하나, 둘, 셋, 넷, 다섯
숨을 쉬세요.

악마가 들어오다
구멍에 막혀
들어오지 못하고
돌아갑니다.

2. 꽃잎감기

잠시 피는 목련
잠시 피는 벚꽃

그것조차 시샘해

꽃샘 비가 내려
목련이 지고

꽃샘바람이 불어
벚꽃이 지고

꽃 지는 것 보다가
걸려버린 꽃잎감기.

3. 감기 바이러스

허락도 없이 내 몸에
침입한 바이러스.

목 안을 긁어 기침하게 한 죄.
코를 긁어 쉴 새 없이
콧물이 나게 한 죄.

피에 들어가 온몸을 돌며
열이 나게 한 죄.

이 죄들을 묶어
감기약으로 사형에 처한다.

무슨 소리, 우린 억울해.
들어오라 해 놓고선 딴소리야.

음식 먹을 때 손 씻지 않은 것.
귀찮다고 발 씻지 않은 것.
잠잘 때 이불 덮지 않은 것.
추운 데 돌아다닌 것.
양치하지 않은 것.

우리 언어에서 이것들은
들어오라고 말하는 것인데.

4. 우편배달부

혈관 속의 피는
우편배달부

엄마표 음식은
손끝으로 발끝으로
머리끝으로
신나게 달려서
영양분을 배달하고

패스트푸드는
무거워 가다 쉬다
헉헉대며 배달하다
종종 배달 사고가 일어나
다시 배로 돌아오고

돌아온 우편물은
그대로 배에 남아
배불뚝이가 된다.

5. 빠알간 동그라미

불에 데여

팔뚝에 생긴

개구리 눈만 한

빠~알간 동그라미.

가려워 긁으려니

긁지 말라 한다.

동그라미 안에는

지금 내 편이랑

나쁜 편이랑

싸우는 중이라고.

가려워 가려워 긁으면

나쁜 편이 이기도록

도와주는 거라고

가려워도

가려워도 꾹 참으면

까만 덮개가 생기는데

그러면 우리 편이
이긴 거란다.

*사랑의 씨앗

성광교회에서 학생회 생활을 했다. 벌써 30년이 지났다. 작년에 밴드가 결성되어 옛날 함께 학생회 활동을 했던 친구, 선, 후배를 다시 만났다. 밴드가 활성화되어 나도 매일 그곳에다 글을 올린다. 밴드를 하던 중 동문의 딸인 인영이에 대한 사연이 올라왔다. 작년 수능 치기 얼마 전에 뇌에 문제가 생겨 거의 사경을 헤매다, 부모의 헌신과 동문의 중보기도 덕분인지 인영이가 점점 회복되어 이제 재활 치료를 받고 있다. 무척 예쁜 여학생인데, 완전히 회복되는 기적이 일어나리라 믿는다.

사랑의 씨앗

하나님은 인영이의 마음에
사랑의 씨앗 하나 심으셨다.

하나님은 인영이의 마음에
겨울의 칼바람과
모진 추위를 주셨다.

하지만 그 씨앗은
고난을 극복하고
인영이의 얼굴에
함박웃음으로 피어날 거다.

더 이상 바람에 꺾이지 않고
더 이상 추위에 떨지 않는

강하고 아름다운 꽃.
누구에게나 사랑받는 꽃.

그래서 멀리멀리
고통받는 사람들에게
위로의 향기가 될 거다.

하나님은 인영이의 마음에
아름다운 꽃으로 피어날

사랑의 씨앗 하나 심으셨다.

---인영아 너를 한 번도 본 적은 없지만, 완전히 회복되리라. 믿는다. 힘내라.

***쉬운 시를 쓰자**

자여에 온 지 내일이면 한 달째다. 시간은 무척 빨리 흐른다. 한의원일이란 게 여유가 있는 일이라 시간이 날 때마다 글을 많이 썼다. 시만 31편. 내게는 아주 특별한 경우다.

상징성을 많이 부여하는 시도 가치를 지닌다. 문학성적인 측면에서도 의미가 있다. 하지만 그런 시들은 독자에게 다가서기 어렵다. 시인도 이해하지 못하는 시가 무슨 의미가 있을까 하는 생각을 한다. 물론 글을 읽는 사람의 시적 이해도가 낮아서 그렇다고 치부하면 할 말이 없지만. 그런데, 요즈음 시는 너무 어렵다. 어려워야 시가 된다는 말도 되지 않는 말을 간혹 듣곤 한다. 또한, 습작시들을 보면 도대체 난해하다. 왜 시는 어려워야 하는가? 쉬우면서도 낯설은 표현들을 얼마든지 찾을 수가 있는데.

자여에 오면서 시의 방향성을 설정한 첫 번째가 쉽게 시를 쓰자'이다. 쉬우면서도 독자의 가슴에 울림을 주는 친근함. 시가 삶이 되고 삶이 시가 되는 좋은 예다. 꾸밈이 없이 진솔하게 써 내려가는 시적 힘은 보통사람들이 흉내 낼 바가 아니다. 쉽게 시를 쓰는 것이 더 어렵다. 시적 힘이 없으면 쉽게 시를 쓰지 못한다. 이것은 그냥 서술과는 차원이 다르다는 말이다.

내려놓으니까 참 편하다. 내려놓길 잘했다. 여기는 참 한가하다. 스트레스 주는 사람도 없다. 마음껏 글 쓰고 마음껏 글을 읽는다. 자연과 벗 삼아 살 수 있어 참 좋다. 하루에 몇 번씩이나 자연과 이야기한다. 자연과 이야기할 수 있어 행복하다. 이제까지 듣지 못했던 나무의 이야기 풀의 이야기를 듣는다. 아직은 그들의 이야기를 잘 이해하지 못하고 있지만, 끊임없이 귓가에 맴도는 소리를 곧 알아들을 날이 올 거다. 그들의 말을 받아 시를 적어야지. 비의 말이 시가 되듯이.

꽃詩

꽃밭에 가서
'와' 예쁘다.
입이 나도 모르게 벌어졌다.

순간 나비 한 마리

입속으로 꽃씨 하나
떨어뜨렸다.

마음 밭에 심어진
꽃씨 하나.

항상 하늘이 맑기만 하다면
어떻게 꽃씨가 싹을 틔울까

항상 비가 내린다면
어떻게 싹이 자라날까

기쁜 하늘
슬픈 하늘

번갈아 가져야
꽃으로 활짝 필 거다.

그 향기로 시를 쓰고 싶다.

*그대 하늘에 띄운 연이 되어

건강에 대해 소중함을 다시 한번 느낀다. 여기에 오는 환자들은 이구동성으로

"안 아프면 최고지."

라는 말을 하곤 한다. 우리는 일상에서 건강의 중요성을 얼마나 알고 살아가는가. 건강하면서도 무슨 불평불만이 그리도 많은가. 안 아프면 최고지. 맞다. 안 아프면 최고다. 불평불만이 생기더라도 건강한 데에 감사하는 삶을 살자. 그리고 건강할 때 건강을 지키자. 이 말은 나에게 하는 말이기도 하다. 내 나이도 이제는 적은 나이가 아니며, 건강을 생각해야 할 나이다. 많다고만 생각한 내 나이, 그런데 많지 않단다. 박00 할아버지는 많은 연세 탓인지 노인성 질환으로 인해 제대로 걸음을 걷지 못한다. 매일 한의원을 찾아 치료를 받고 가신다. 그 할아버지가 다짜고짜 나를 보더니

"사무장님 올해 몇인교?"

"예, 오십 좀 넘었습니다."

"아이고, 아직 한창 때네."

오십 넘은 나이가 많다고 생각하고 있는 나에게는 머리가 띵해질 정도의 말이다. 그래, 맞다. 아직 한창이다.

이곳에서 할아버지와 할머니, 간호사와 좋은 인연을 많이 맺었다. 여기에 온 보람 중의 하나다. 인연을 맺는 일은 연을 날리는 일과

같다는 생각을 했다. 연이 하늘로 올라가지 않은 것도 있고, 하늘로 올라가다 연줄이 끊어진 것도 있고, 하늘 높이 올라 아주 멋지고 자유롭게 날고 있는 연도 있다. 연에다 사람 인(人)을 붙이면 인연이 된다. 한번 맺은 인연은 자주 보이는 것도 있지만 많은 연이 눈에 보이지 않다가 어쩌다 한 번씩 눈에 보이곤 한다. 하지만 이런 연은 내 하늘에 없는 것이 아니라 너무 멀리 있어 보이지 않을 뿐이다. 그리고 한때 나와는 연을 맺었으나 아예 줄이 끊어져 내 하늘에 없는 연도 있다. 그리고 많은 연은 내 하늘에서 아주 아름다운 모습으로 날고 있다. 좋은 사람들과 줄이 닿기를, 그리고 튼튼하게 그 줄이 이어지기를, 그래서 내 하늘이 좀 더 아름답게 되기를 바라는 아침이다.

그대 하늘에 띄운 연이 되어

내 하늘에는 그대가
연이 되어 날고 있습니다.
아주 아름다운 모습으로
아주 자유로운 모습으로

심한 바람에 이리저리 오가며

위태로울 때도 있으나
나와 이어진 줄이 튼튼해
끊어지지 않고 날고 있습니다.

그대가 내 하늘에
연으로 날고 있듯이
나도 그대 하늘에 날고 있는
연이었으면 좋겠습니다.
아주 아름다운 모습으로
아주 자유로운 모습으로

줄로 이어진 가슴과 가슴이
서로의 하늘에서 오래도록 나는
그런 연이었으면 좋겠습니다.
아주 아름다운 모습으로
아주 자유로운 모습으로

***아내인 아이들의 엄마.**

당신은 참 행복한 사람입니다. 큰아들이 옆에서 든든하게 지켜주고 힘든 일 도와주기도 하고. 작은아들도 멀리 있지만 건강하게, 그리고 자기 일 알아서 잘해주고. 남편도 옆에는 없지만 멀리서나마 항상 당신을 응원하고 있으니. 세월호 사고를 통해서 가족의 중요성을 다시 한번 느끼게 되었고, 건강하게 자기 일 잘 해주는 것, 그 일상적인 것이 얼마나 고귀한 것인지 다시 한번 느끼는 계기가 되었습니다. 그리고 나도 참 행복한 사람입니다. 당신 같은 행복한 아내가 있다는 것. 그리고 우리 아들들도 행복하겠지요. 행복한 엄마 아빠가 있으니. 행복은 서로가 서로에게 주는 것 같아요. 몸이 아파 힘들더라도 가족이 있으니 힘내요.

아이를 키우는 건

하나님을 제일 닮은 건
엄마의 마음입니다.

아이가 태어날 때
마음의 씨 하나 뿌려놓고

따뜻한 햇볕을 주고
시원한 물을 주고
달콤한 산소를 줍니다.

아이의 마음은
맛있는 사랑을 먹고
쑥쑥 커갑니다.

주고 바라지 않는
주고 또 주고 싶은

하나님의 마음입니다.
엄마의 마음입니다.

아이를 키우는 건
음식이 아니라
공부가 아니라

하나님의 사랑입니다.
엄마의 사랑입니다.

*쫑알새

아내와 나는 서로 통하는 게 많아진 것 같다. 이 말은 옛날에는 맞지 않았다는 의미이기도 하다. 맞지 않아서 참 많이 싸우기도 했다. 언젠가는 이혼의 위기까지 간 적도 있었다. 서로를 이해하기보다는 이해해주기를 바랐던 마음 탓이리라. 함께 산다는 것은 서로에 대해 바람을 버리는 과정이다. 바람을 버리고 빈 마음에 내가 상대에게 바라던 그것을 해주는 것으로 채우는 것이다. 나 위주의 생활에서 상대 위주의 생활을 하다 보니 싸움이 거의 없어졌다.

요즈음 삶의 재미를 톡톡히 보고 있다. 텃밭을 가꾸고 미니 연못을 만들고 집수리 등등, 그럴 때마다 아내와 나는 죽이 맞아 신나게 일을 한다. 말은 내가 먼저 꺼내지만, 행동은 아내가 더 적극적이다. 이렇게 죽이 잘 맞는 부부도 드물다는 생각이 들 만큼. 돈이 행복의 일 순위는 아니다. 하지만 생활하고 지인들에게 부조할 정도는 벌어야 한다는 생각이다.

쫑알새

아침마다 쫑알새를 만난다.
어제 하루 동안 있었던 일들을

쫑알쫑알거린다.

만난 사람에 대해 쫑알
썰물이 지나간 자리에
편안하게 쉬고 있다고 쫑알

오늘 어떤 일을 할 거라고 쫑알
쫑알쫑알

술 적게 먹으라고 쫑알
담배 적게 피우라고 쫑알
얼굴 깨끗하게 관리하라고 쫑알

쫑알쫑알

아침마다 쫑알댄다.
그 쫑알대는 말을 듣기 위해
매일 아침
아내에게 전화한다.

***오늘 꽃 몇 송이 피웠나요?**

아침에 몇 방울 비가 떨어지더니만 지금은 비는 내리지 않고 하늘만 잔뜩 흐리다. 장난꾸러기가 장난치다 엄마에게 혼나고 눈에 한가득 눈물이 그렁그렁 고여 금방 울 듯한 눈을 연상시키는 그런 하늘이다.

이제 내 나이가 되면 건강에 관심을 가져야 할 나이이다. 아니 벌써 건강에 관심을 가졌어야 했다. 한의원에 근무하다 보니 아픈 사람들을 많이 접하게 되었고 자연스레 나의 건강을 되돌아보게 되었다. 그동안 내 몸을 너무 혹사했다. 그래도 어머니가 나를 건강하게 낳아 주셨으니 이만큼이라도 버텼지 하는 생각을 하게 된다.

지나친 음주와 흡연 습관은 30년 넘게 나를 따라다녀 이제 나의 가장 큰 습관으로 자리하게 되었다. 절제해야지 하는 생각을 하면서도 쉽게 되지 않는다. 여기 와서 담배는 반으로 줄였지만 그래도 여전히 많이 피운다. 혈압을 체크하니 아주 높다. 다행히 운동하고 이 원장이 혈압 한방 처방을 해주어 약을 달여 먹고 있다. 매일매일 하루 3번 혈압 체크를 하고 있는데, 아직 가시적으로 혈압이 내려가질 않고 있다. 꾸준하게 운동하고 약을 먹는다면 혈압이 많이 내려가리라.

요즈음은 많이 웃는다. 웃음이 보약이다.

오늘 꽃 몇 송이 피웠나요?

사람이 한번 웃을 때
꽃 한 송이가 펴요.

아기가 뒤뚱 걸을 때
엄마 아빠 웃음이 따라가요.

아기가 걸어가면
꽃들이 발자국마다 펴요.

사람들은 모르지만
해님은 알고 있죠.

사람이 웃을 때마다
나무에 햇살로 말하죠.
꽃을 피우라고요.

사람들은 모르지만
달님은 알고 있죠.

사람이 웃을 때마다
풀들에 달빛으로 말하죠.
꽃을 피우라고요.

오늘 꽃 몇 송이 피웠나요?

*내가 그의 이름을 불렀을 때

한의원에 오시는 할머니들에게 접수하려고 성함을 물으면 짜증을 내신다. 아직도 자기의 이름을 외우지 못하느냐고? 매일 오시는 분들 이름은 어느 정도 외우겠는데, 3일에 한 번 4일에 한 번 오시는 분들 이름은 아직 못 외우고 있다. 원래 난 사람들 이름을 잘 외우지 못하는 사람인데, 이름 외우는 것이 여간 힘들지 않다. 나도 할머니 이름을 외워 이름을 불러주고 싶다. 김춘수의 '꽃'이라는 시에서처럼. 꽃도 이름을 불러주어야 관계가 형성되는데, 하물며 사람의 이름이야. 할머니들의 이름을 불러주면 할머니들도 나에게 꽃이 되겠지. 의미가 되겠지.

시를 쓴다는 것은 사실에 의미를 부여하는 것이다. 김춘수의 꽃이란 시처럼. 이름을 불러주었을 때 꽃이 되듯이 의미를 부여했을 때 시가 된다. 할머니들의 짜증을 접하면서 이름을 불러준다는 것이 얼마나 의미 깊은 일이라는 것을 깨닫게 되었다.

이름을 부르는 것은

이름을 부르는 것은
귀를 두드리는 것.

비는 비의 말로
풀은 풀의 말로
나무는 나무의 말로
내 귀를 두드리고

난 나의 말로
비와 풀과 나무의
귀를 두드린다.

시를 쓴다는 것은
비와 풀과 나무의
이름을 부르고

비와 풀과 나무의 말을
사람의 말로 옮겨 쓰는
마음의 일이다.

*생명의 겸손함이여

어제부터 오던 비가 오늘 아침까지 오락가락 내린다. 내일까지 비가 온다고 하고 모래는 비가 오지 않고 그다음 날부터 또 비가 예보되어 있다. 이번 주는 비랑 데이트하며 즐겁게 보낼 수 있을 것 같다. 새벽 다섯 시에 눈이 떠졌다. 비가 오나 살펴보니 비는 내리지 않았다.

자여 동네를 걸었다. 멀리 산봉우리는 구름을 치마처럼 걸치고 있었고 밤새 내린 비는 마을을 말끔하게 씻어 놓았다. 비색으로 색칠된 나무와 꽃들 풀들은 싱그러움 자체였고, 자여 벌판은 빗물을 머금은 채 여유롭게 아침을 맞고 있었다.

동네를 걸으며 밴드를 보았다. 성광교회 학생회 동문 밴드에 성광교회 남성 중창단의 성가가 있어 들어보았다. 중후함이 어떻게 경건함이 되는지를 느끼게 해주었다. 노래를 듣는 중에 새 소리가 화음을 덧붙였다. 노래 전체를 알고 있는 듯 필요할 때 “째엑짹, 삐삐리리”

남성 중창단의 노래는 자연과 더불어 살아있는 음악이 되었고 그 음악을 듣는 발자국은 생기가 돌았다. 새벽, 혼자만의 무언극에 신이 났다. 하나님을 찬양한 음악이 멀리 떨어진 곳, 자여의 아침에 새들과 화음을 이루게 될지 노래한 그들은 정말 몰랐을 거다.

김00 할머니가 한00 할머니에게 까만 콩을 전달해 달라고 했다. 콩을 전해주면서 이 콩 이름이 뭐죠? 하고 물으니 까만 콩이라 한다. 검으니까 까만 콩이란다. 소파에 앉아서 할머니들끼리 콩 이야기가 한창이다. 올해는 콩이 잘 되니, 안 되니 하면서. 이 콩은 음력 5월에 심어야 한다. 먼저 심으면 안 된다. 한 달은 더 있어야 한다. 양대 콩을 거두고 나서 심는 콩이다. 콩에 대해서는 시골 할머니들이 박사다. 언제 심고, 어떻게 가꾸고 언제 거두고 하는 것을 경험으로 익히신 분들이다. 나름의 콩에 대한 경험을 말씀하시는 채00 할머니, 밭이 만장같이 넓어도 짐승 때문에 못 한다. 낱낱이 다 뜯어 먹는다. 하얀 머리에 눈을 반쯤 감으며 말씀하신다. 반쯤 감은 눈으로 아마도 기억 속에서 콩에 대한 이야기를 찾는 것 같다. 소파에 콩 이야기꽃이 피었다. 나도 콩 스무 알 정도 얻었다. 6월에 잊지 말고 심어야지.

모는 아기쌀풀이다. 그렇게 이름을 지었다. 곧 자여의 여백에도 아기쌀풀이 심어질 것이다. 아기쌀풀이 자라서 벼가 되는 모습을 보면서 살아가는 것이 기대된다. 여건이 된다면 아기쌀풀을 한번 심어보고도 싶다.

아기쌀풀

아기쌀풀이 자라서
엄마 벼가 되어

쌀을 주렁주렁
가슴 속에 담아

자랑스럽게
고개 숙이고 있는

생명의 겸손함이여.

*축복이

축복이가 우리 집에 온 건 작년 4월쯤 되었을 거다. 둘째 성호가 개를 키우고 싶다고 노래를 불렀다. 하지만 아내는 반대를 심하게 하였다. 개를 키우는 것은 아이 하나 키우는 것과 같다고. 아내와 둘째가 실랑이하다가 결국은 둘째가 이겼다. 둘째는 아르바이트를 해서 말티

즈 종인 강아지 한 마리를 사 왔다.

처음에 강아지 이름을 '춘복'이라 지었다. 봄에 들어온 복이라는 의미에서. 하지만 너무 촌스러운 것 같아 내가 '축복'이라고 하면 어떻겠냐고 하자 아내와 둘째 모두 손뼉을 치면서 좋아했고, 강아지 이름은 '축복'이가 되었다. 축복이는 아주 작고 귀여웠다. 하지만 너무 정신없이 굴었다. 기분이 좋으면 거실 끝에서 끝까지 10번 넘게 왕복하고 숨이 차 '헥헥'거렸다. 그런 모습이 좋았는지 강아지를 키우는 것을 반대했던 아내가 축복이를 너무 좋아하게 되었고, 반대로 강아지를 데려온 계기를 마련한 둘째는 처음에는 좋아하다 나중에는 시큰둥해졌다.

축복이는 아내를 제 엄마처럼 생각하는 것 같다. 자기에게 밥을 주고 자기를 아껴주니 자기의 엄마라고 생각하는 것이 당연한 지도 모른다. 또한, 태어난 지 한 달 만에 우리에게 왔으니 자기도 사람이라 생각할 수밖에. 축복이는 아내만 졸졸 따라다닌다. 꼭 아이가 엄마 꽁무니만 따라다니는 것처럼. 아내 또한 축복이가 졸졸 따라다니며 자기를 좋아해 주니 더욱 정을 느끼는 것 같다.

처음에는 똥, 오줌을 가리지 못해 몹시 불편하였는데, 요즈음 잠만 깨면 화장실로 쪼르르 달려간다. 지금 집을 멀리 떠나 있어 가족들이 생각나는데, 그 속에 축복이도 끼인다. 내가 집을 나설 때 안타까운 눈망울로 낑낑대던 소리가 귓전에 들려오는 것 같다. 다음의 시는 길을 잃고 떠도는 길 바둑이(유기견)를 보고 적은 글이다. 축복이가 집을 잃었다면 이런 마음이지 않을까?

길 바둑이

여기 기웃 저기 기웃
집을 찾는 길 바둑이
하루 종일
여기 기웃 저기 기웃

하루 종일 굶어
음식물 쓰레기를 뒤집니다.
배가 고픈 만큼
가족이 그리운 길 바둑이.

맛있는 것 준 엄마
머리 쓰다듬으며
귀여워해 준 아빠
나하고 놀아준 형
나를 안아 준 누나.

길 바둑이는 아기 때부터
사람들이 가족이었습니다.
가족을 잃어 슬픈 건
사람이나 길 바둑이나
마찬가지입니다.

시커멓게 변한 털
냄새나는 몸이지만
두 눈망울만은
그렁그렁 눈물 고여
여기 기웃 저기 기웃

*아이와 어른

80년대에는 아이들이 학원에 다니지 못하는 법이 있었다. 그 법이 그리울 만큼 요즈음 아이들은 학원 지옥에서 생활한다. 그 나이에 해야 할 일들이 많을 텐데, 그것들을 하지 못한 채 학원에서 아까운 시간을 죽인다. 아이들은 아이답게 살아야 한다. 우리 어릴 때는 실컷 놀았다. 공부가 재미있는 아이들은 공부했겠지만, 많은 아이는 또래끼리 어울려 놀았다. 그때도 학원은 있었지만, 대부분 아이는 학원에 다니지 않았다. 그런데 요즈음은 학원에 가지 않으면 친구도 없다.

세월호 참사를 겪으면서 아이들은 제대로 놀지도 못하고 입시 지옥에서 허덕이다 아까운 목숨을 잃었다는 것을 느꼈다. 어른들은 반성한다고 하고 제 탓이라고 하고 아이들에게 미안하다 사과하고. 하지만 정작 무엇을 반성하고 무엇이 자기 탓이고 무엇이 미안하다는 것인가? 현실적인, 눈에 드러나는 것, 단지 안타까운 것, 구해내지 못한 것. 아마 그런 것들이 아닌지. 그렇지만 정작 어른들이 아이들에게 미안해해야 할 것은 왜 아이들을 아이들답게 살게 해주지 않았는가 하는 것이다. 좀 더 자유를 주고 실컷 놀게 해주지 못한 것. 아이들이 미래의 행복을 위해 현실의 고통을 감내하라고 강요한 것, 미래보다는 현재가 더 중요하다는 걸 알게 해주지 못한 것. 현재가 행복해야 미래도 행복해질 수 있다는 것. 아이들은 태어나서 공부만 하다가 죽게 되었다. 그 나이에 누릴 수 있는 것들을 누리지 못하고 어른들의 강요 때문에, 공부만 하다가. 얼마나 안타까운 일인가?

이런 것들을 미안해해야 한다. 어른들이 반성해야 할 것은 이것이다. 실컷 놀고 해보고 싶은 것 해보고 그렇게 아이들이 갔다면, 어른들은 좀 덜 미안해해도 되리라. 아직도 어른들은 정신 못 차리고 미래의 행복을 위해 현재의 고통은 이겨내야 한다고 학원으로 등을 떠다밀고 있다.

아이와 어른

아이가 색연필로
숲을 그립니다.
어른은 숲을 보지만
아이는 숲속에 사는
다람쥐를 봅니다.

아이가 시를 씁니다.
어른은 시에 적힌
내용을 보지만
아이는 마음에 적힌
내용을 봅니다.

어른은 울면서도
마음은 웃을 수 있지만

아이가 눈물을 흘리면
마음도 똑같이
눈물을 흘립니다.

어른의 한쪽 눈은
사랑을 보고
어른의 한쪽 눈은
숫자를 보지만
아이의 두 눈은
모두 사랑입니다.

*오월에 쓴 시

드디어 5월이다. 이제 추위는 지나가고 따뜻함만 계속되리라. 내 마음도 이제 생각의 찌꺼기를 털어내고 산뜻하게 오월을 맞이하고 싶다. 일 년 12개월 중에 가장 멋진 계절이 5월이다. 한바탕 꽃의 향연이 지나고 꽃샘추위도 지나고 풀들이 무성해지기 시작하는 계절. 더욱이 바로 옆에 들과 산과 계곡이 있어 내가 경험한 어떤 5월보다 더 풍요로운 5월이 될 것 같다.

5월에는 풀이 무성해지기 시작하듯 생각도 살이 붙고 무성해졌으면 좋겠다. 시도 더욱 알차지고 예뻐졌으면 좋겠다. 가족들도 행복했으면 좋겠고 좋은 일만 무성하게 자라 6월에 5월을 넘길 때는 행복한 얼굴이었으면 좋겠다.

1. 오월 첫날

어제까지 내린 비가
오월을 말끔하게 씻어 놓았다.
오월 첫날 얼굴이 예쁘다.

상추의 땅이 더 넓어졌다.
대파도 키가 더 커졌고
등나무 잎도 무성해졌다.

따뜻하고 부드러운 햇살 속
홀씨들은 바람 여행 중이며

내가 그들을 보듯이
그들도 나를 보고 있구나.

새들이 땅에 있는
우리를 보며
맑은 하늘에 시를 쓰는
오월 첫날

2. 눈싸움

밭두렁 길 걸어가다
마주친
길고양이 눈.

계속 눈을 쳐다보니
계속 내 눈을 쳐다보는
길고양이 눈.

'저 꼬마 뭐지?
왜 날 쳐다봐.'

눈에 힘 불끈 주고
한참이나 계속된

눈싸움

눈 아파 깜을까
말까 하던 중

먼저,
눈 찔끔 길고양이

'앗싸, 내가 이겼다.'

*마음속에 심어진 시의 씨앗

詩는 마음속에 씨앗이 심어져야 쓸 수 있다. 영감이라 해도 좋고, 소재라 해도 좋고 주제라 해도 좋다. 하지만 어떤 말로 표현되던 씨앗이 심어지지 않고 꽃이 필 수 없듯이 시도 마찬가지이다. 씨앗은 내가 찾아갈 수도 있고 씨앗이 바람에 날려 마음 밭으로 들어올 수도 있다. 민들레 홀씨가 땅에 내리듯.

자여에 와서 욕심을 내려놓으니 욕심이 빠져나간 자리 시의 씨앗이 들어와서 자란다. 그래서 매일 매일 시를 쓴다. 좋다.

1. 잠의 요정

책만 펴면 졸린다.

책 속에 잠의 요정이 사나 보다.

눈 비비며

글자를 읽는데

작은 요정이

내 눈꺼풀에 매달려

눈꺼풀이 무겁다.

스

르

르

꾸

벅

꾸

벅

2. 숨바꼭질

엄마와 꼬마가
놀이터에서 숨바꼭질한다.

엄마가 술래,
꼬마가 벤치 밑에 숨는다.
엄마는 금방 꼬마가
숨은 곳을 알지만
모른 척 고개를 둘레둘레.

참새가 그 모습 보다가
짹짹(벤치 밑에 있다고)
엄마는 못 들은 척
이리 왔다 저리 갔다.

꼬마는 숨죽인 채
가슴이 조마조마

"여기 있네, 찾았다."

이번엔 꼬마가 술래
쪼맨 손으로 눈 가리고

"하나, 둘.....열"

엄마는 꼬마 뒤에 서 있다가
꼬마가 등 돌리자
와락 안아준다.

놀이터 오후
해님이 그 모습 보고
해실실 웃고 있다.

3. 햇살이 좋아

햇살이 좋아
나뭇잎마다
빨대를 물고
햇살을
"쪽쪽"

빤다.

햇살이 좋아

목욕하고 나온

옥상의 빨래들

햇살에

"보 송 송"

몸을 말린다.

4. 김밥

밥밥밥
밥 당근 밥밥
밥 오이,오뎅 밥
밥 후라이,햄 밥
밥 나물 밥
밥밥

밥 속에 친구들

김 옷 입고

도시락 버스 타고

소풍가는 김밥

5. 개구리

개굴 게굴

개골 게굴 게골 게구

개골 개굴 게골 개구 깨굴 깨글

꾀골꾀굴개골게구꾀골꾀글개골개글

개굴 개글

개글 개글

개그 개그

밤이 되니

개구리 한 마리

무서워서 개굴

먼 데서

울지 마라 게굴

친구들 몇 명도

위로한다고 꾀골

점점 많아져

논 전체가 개글개글

개글대다 보니
'ㄹ'이 안 들려
개그 개그

마을 전체가 웃어대는
개그콘서트

***가족이라 쓰고 행복이라 읽는다.**

이틀 연휴 동안 울산엘 다녀왔다. 첫날은 가족들 모두 통영으로 여행을 떠났다. 큰 형수가 암 수술을 받았다는 연락이 와서 문병 겸 가족여행 겸 겸사겸사. 연휴라서 그런지 고속도로는 꽉 막혀 거북이걸음을 걸었다. 2시간 30분 거리를 거의 4시간이 걸렸다. 통영에서 개척교회를 하는 형님과 형수님은 쌍둥이 아이를 다 길러 출가시키고 두 분만이 산다. 생각보다 형수님은 경과가 좋아 보였다.

형님네를 나와 통영 중앙시장으로 갔다. 그곳도 만원이기는 마찬가지. 식사하려고 식당을 찾아다녔는데, 가는 곳마다 자리가 없었고, 대기자들이 길게 줄지어 있었다. 식당을 찾아다니면서 시장 구경을 했다. 통영중앙시장은 무척 컸는데, 특히 바다와 가까워서인지 횟감이 많았다. 식당을 찾아다니다 지쳐 대기자가 없는 식당을 찾아 들어갔다. 식사를 마치고 옆에 있는 벽화마을 동피랑을 찾았다. 벽마다 그림이 그려져 있어 아주 인상적이었다. 그곳에서 사진을 찍으며 놀다 우리 집 담벼락에도 그림을 그려야겠다고 미대 다니는 아들이 말했다. 아마도 얼마 지나지 않아 우리 집 담벼락도 예쁜 그림으로 장식되지 않을까 하는 기대를 해본다.

통영을 나와 경산으로 향했다. 경산에서 대학 다니는 둘째의 짐을 가지고 오기 위해서. 진주를 거쳐, 함양을 거쳐 88올림픽 고속도로로 차를 진입시켰다. 거창휴게소에서 잠시 휴식을 하고 차에 기름을 넣었다. 그때까지는 차가 막히지 않았으나 그 이후부터는 고속도로가 아니라 아예 주차장이라 해야 할 만큼 도로가 막혔다. 1시간이면 가는 거리를 거의 4시간이 걸려 아들이 다니는 학교 기숙사에 도착했다. 입학할 때 가져간 짐은 전부 겨울용이었다. 이불도 두껍고 옷도 겨울옷. 미리 준비해 간 가벼운 이불을 내려놓고 두꺼운 이불과 겨울옷을 차에 실었다. 고장 난 컴퓨터도 함께. 울산으로 오는 길에 비가 내렸다. 아침부터 온종일 운전을 한 탓인지 운전할 때 몹시 피곤했다. 울산에 도착하니 새벽 1시. 그래도 아내는 소중한 추억을 간직하게 되었다고 즐거워했다. 아이들도 마찬가지. 이런 작은 것들이 행복이 아니고 무엇이 행복일까?

행복

사랑해 주는 남편이 있으니
아내는 행복한 여자다.
행복한 아내가 있으니
나는 행복한 남자다.
행복한 엄마, 아빠가 있으니
아이들은 행복한 아이들이다.

행복은
서로에게 주는 것.
서로에게 굴러가면
눈덩이처럼 커진다.
서로에게서 굴러오면
더욱더 커진다.

하루를 접고 집에 오는 건
하루에 일어나는 기적
매일 매일 기적이 일어나는 건
커다란 행복.

행복이 구르고 굴러
지구만큼 커졌으면 좋겠다.
지구가 모두 행복하면 좋겠다.

***콩나물이 되기까지**

오늘부터 한의원 복도에서 콩나물을 키운다. 어머니가 콩나물 장사를 하시기 때문에, 물만 주면 되게끔 만반의 준비를 하였다. 쑥쑥 커서 할머니들의 맛있는 반찬이 되었으면 좋겠다. 콩나물을 주제로 할머니들의 이야기가 한의원에 가득했으면, 할머니들의 잘난 체하시는 모습을 보고 싶다. 주름진 입가에 콩알 콩알 콩꽃이 피었으면.

콩

코코코코 콩
콩이라 부르면

가슴도 콩콩

콩 소리가 나요

콩은 세상에서
제일 작은 공

콩을 떨어뜨리면
바닥에서 콩하고

튀어 오르다가

콩코코코코
데구르르.

오시는 할머니 할아버지들이 콩나물에 물을 주며, 콩에 대해 이야기를 했다. 그리고 오늘 그동안 키운 콩나물을 한의원에 오신 할머니 할아버지께 나누어 드렸다. 별 것 아닌 것에도 무척이나 고마워하신다. 작은 것의 가치를 아는 것이 연륜이며, 삶이 가르쳐준 지혜라는 걸 느꼈다. 이제부터 작은 것에도 감사하는 마음을 가져야겠다. 할머니, 할아버지가 되면 오히려 더 순수해지는 것 같다. 그것은 욕심을 내려놓는 법을 알기 때문이리라.

콩나물은 물만 먹고 자란다. 물을 주면 물은 단숨에 밑으로 흘러버린다. 그 잠시 동안 콩나물은 자신에게 필요한 물을 먹고 자라난다. 콩나물을 키우며 순간순간 드는 생각도 그것이 시간이 흘러 쌓이면 콩나물처럼 생각의 키가 자란다는 것을 느꼈다. 긍정의 생각을 많이 하면 예쁜 콩나물이 크고 부정의 생각을 많이 하면 못난 콩나물이 된다는 것을.

콩나물

콩알콩알콩알콩알
콩들쫑알콩들쫑알

콩나물 항아리 안에서
아기콩들 콩알쫑알

아이 답답
숨이 막혀

물물물물물물물물

어! 비가 오네.

아이 시원.

물물물물물물물물

콩나콩나 콩이 자라
발이 쑥쑥 커지고
콩나콩나 콩이 자라
키가 쑥쑥 커지고

내가 먼저 커야지
내가 먼저 컬 거야

물 마시고 키가 쑥쑥
하룻밤 새 키가 쑥쑥

물물물물물물물물
물물물물물물물물

날씬한 다리 노란 머리
항아리 가득
콩나물이 피었네.

*짹짹짹

많이 흐리다. 비라도 뿌려주려나. 아침, 마당에서 졸고 있는 참개구리 한 마리를 보았다. 돌 밑에서 졸고 있는 것 같았다. 가까이 가도 도망가지 않고 깜짝 놀란 듯 눈을 동그랗게 뜨고 '이거 뭐야.' 하면서 날 째려보았다. 나도 눈을 뜨고 잠시 째려보다 개구리를 더 보고 싶어 자극하지 않고 얼른 멀찌감치 떨어졌다.

참새들이 스테레오로 짹짹거렸다. 왼쪽에서 짹짹 오른쪽에서 짹짹. 오른쪽으로 무심코 고개를 돌리니 한의원 옆 경로당 처마 밑에서 날개를 파닥이는 참새 한 마리가 보였다. 처마 위에는 또 참새 한 마리 고개를 두리번거리며 망을 보고 있었고. '아 저기에 참새들의 둥지가 있구나, 그 둥지 속엔 새끼들이 있을 거야.' 그런 생각을 하는데 직접 보고 싶은 생각이 들어 가까이 가 보았다. 기왓장에 틈이 벌어져 있었으나 내 눈이 미치지 않은 높은 곳이어서 포기하고 돌아왔다.

한의원 옆에는 아파트 놀이터가 있다. 놀이터에서 엄마와 아이가 놀고 있다. 그것을 보며 참새 가족을 생각하고 글을 적었다.

짹짹짹

개구쟁이 참새들

"짹짹짹"

"짹짹짹"

논다고 정신없다.

밥 먹을 때 됐다고

"짹짹짹"

엄마 참새

아이 참새 부른다.

그래도 개구쟁이

들은 체, 만 체

짹짹짹

짹짹짹

엄마 참새 큰 소리로

"짹짹짹"

("아빠, 왔다.")

아빠 소리에

아이 참새 귀가 열려

뾰로롱.

엄마에게 날아와
"짹짹짹"

*낚시

잘 놀고 싶다는 생각이 든다. 논다는 것은 재미있다는 것을 의미한다. 재미가 있는 것은 놀이다. 일해도 그것이 재미가 있으면 놀이가 된다. 지금 자여에서 잘 놀고 있으나 좀 더 개구쟁이 짓을 하고 싶다. 매일매일 놀 생각만 한다. 콩나물도 키워 봤고, 우곡사에도 여러 번 다녀왔다. 주남저수지에도 가 보았고 자여 마을을 돌아다니기도 했다. 이젠 뭘 하지? 좀 더 재미난 일을 찾던 중 낚시 생각을 했다. 어제 주남저수지 옆에 큰 도랑에 고기가 많은 것을 보았다. 주남저수지는 낚시가 금지되어 있지만, 도랑마저 금지는 아니겠지. 아침에 낚싯대 하나 매고 밀짚모자 쓰고 낚시를 하러 가자. 잡은 고기는 키우든지 요리를 하던지 그때 가서 생각하기로 하고.

벼르던 주남저수지 옆 작은 강으로 낚시를 하러 갔다. 지렁이를 끼우고 낚싯대를 드리웠지만 한 마리도 잡지 못했다. 옆에 앉은 강태공을 보니 손바닥만 한 붕어를 두 마리 잡았는데, 떡밥을 사용했다. 오늘은 잡지 못했지만, 내일은 꼭 잡아야지. 주남저수지에 낚시하러 가서 고기 대신에 시 한 편 낚았다.

낚詩

1.

아빠, 고기가 왜 안 잡혀?
하나님께 간절히 기도해봐.

기도했는데도 안 잡혀.
그럼 고기가 너보다 더
간절히 기도한 모양이다.

2.

물 위에 고기가
저렇게 많이 노는데
왜 안 잡혀?

너도 놀이터에서
친구랑 놀 때

엄마가 밥 먹으라 불러도
안 먹고 놀잖아.

3.

여기에 고래가 있을까?
물론, 있지.
에이 거짓말.

너가 고래를 생각하면,
너의 생각 속에
고래가 살지.

고래 한 마리 잡아볼까?
꽁
아이, 머리야.

*두구 두구 둥실 똑같네

어제 한의원에 아버지를 따라서 온 아이가 있었다. 초등학교 3학년,

10살짜리 여자애였는데 너무 귀여웠다. 이름이 세연이다. 아빠가 침을 맞고 있는 동안 둘이 놀았다. 아빠를 따라서 온 그 애가 귀여워 동시집 한 권을 선물했다. 좋아하는 모습이 신난 토끼 같았다. 나도 덩달아 신이 났다.

오늘 아침에는 목욕탕엘 갔다. 용정탕. 요금이 4천 5백 원. 너무 싸다. 칫솔과 면도기까지 5천 원밖에 안 한다. 재수야 하고 들어가니 손님이 나 혼자밖에 없다. 냉탕 갔다, 온탕 갔다, 열기욕탕 갔다 혼자 신나게 놀았다. 지금 몸이 나른하고 잠이 온다. 아침부터 이러면 안 되는데. 너무 심하게 논 것 같다.

아기를 업고 엄마와 할머니가 왔다. 엄마가 치료를 받는 동안, 아이가 찡찡대기 시작한다. 할머니가 아기를 업고 어르고 있다. 그래도 계속 찡찡댄다. 아마도 잠투정인 것 같다. 나도 그렇게 엄마 등에 업혀 찡찡대고 컸을 거다. 우리 아이들도 마찬가지다. 찡찡댐은 아기 때만 하는 게 아닌 것 같다. 자라면서 이런 이유로 찡찡대고, 저런 이유로 찡찡대고. 나도 많이 찡찡댄 것 같다. 이제 그러지 말자. 그냥 웃자.

할머니가 아기를 달래며 부른 노래다. 이런 노래가 있는지는 모르겠지만 아무래도 직접 만들어 부른 것이 아닐는지.

두구두구 둥실
똑같네.

엄마 볼이랑
아기 볼이랑

두구두구 둥실
똑같네.

쪽 쪽 쪽 쪽

똑같네.
똑같네.

*재미 찾기 1

재미란 말은 사전을 보면 '아기자기하게 즐거운 기분이나 느낌.'으로 나와 있다. 아기자기하다는 것은 작은 것이 올망졸망 보기 좋게 모여 있음을 이야기한다. 다시 말하면 재미란 작은 것들이 모여 이루어진다는 말이다. 그렇다면 재미있는 삶이란 재미있는 작은 일들이 올망졸망 모여 하나의 삶이 되는 것이 된다. 앞으로 삶은 재미가 있는지 없는지부터 먼저 생각해야겠다. 재미란 꼭 돈을 들여서 하는 것이 아니다. 물론 적은 돈은 들 수도 있겠지만.

재미 찾기는 어릴 때 소풍 가서 했던 보물찾기와 비슷하다는 생각을 했다. 보물을 찾았을 때의 그런 즐거움은 재미를 찾았을 때의 즐거움과 닮은 부분이 있다. 큰돈을 들여 보석으로 몸을 치장하는 것도 즐거움이 될 수 있지만, 돈을 들이지 않고도 보석 같은 즐거움을 찾을 수 있다면 그것 자체로 재미있는 인생을 사는 것이 되지 않을까? 재미는 어쩌면 돈보다 더 가치 있는 즐거움이다.

1. 재미 찾기

나비가 날고 있다.
떨어지지 않는 게 신기하다.
나도 나비가 되어
나는 생각을 한다.
재미있다.

연못에서 잉어가 헤엄친다.
친구들과 술래잡기한다.
나도 잉어가 되어
물속에서 노는 생각을 한다.
너무 재미있다.

이제는 콩이 된다.
하하 재미있다.
이제는 크레용이 된다.
호호 재미있다.
이제는 그림자가 된다.
크크 재미있다.

이제는 비행기
노루, 상추, 갈매기, 토끼

찾으면 곳곳에
재미난 것투성이다.

2. 작은 농장

큰 양동이로 작은
연못을 만들어
붕어도 잡아넣고
미꾸라지도 잡아넣고
고동도 잡아넣고
수련도 넣고
물풀도 넣고

병아리도 두 마리
오리 새끼도 두 마리
토끼 새끼도 두 마리

집에 키운다면
정말 재미있을 건데
엄마가 허락해줄까?
말이라도 꺼내 볼까?

*재미 찾기 2

미꾸라지 잡을 데가 있는지 한참 찾았으나 결국 찾지 못하고 주남저수지까지 가게 되었다. 하지만 그곳에도 미꾸라지 잡을만한 도랑이 보이지 않아 미꾸라지 대신 주남저수지 옆 도랑에서 펄을 양동이 가득 퍼왔다. 집에 가서 연못을 만들기 위해. 그 펄 속에 언젠가는 미꾸라지를 키울 거다. 수련도 키우고, 물풀도 넣고. 붕어도, 이름 모를 고기들도 넣어 기른다면 참 재미있을 것 같다. 주남저수지는 차로 돌아도 30분 넘게 걸렸다. 안개가 자욱했는데, 앞이 보이지 않을 정도였다. 주남저수지를 돌아 나오는 길에 다호리 고분군이 있었다. 고분군을 찾다가 결국 찾지 못하고 다호리 고분 마을로 들어갔다. 안개 낀 조그만 마을은 싱싱한 채소 같았다. 그곳에는 다호리 고분군의 유적들을 모아 전시해 놓기도 하였다. 다호리 고분군을 돌아 나오며 버킷 리스트를 만들어야겠다는 생각을 했다. 재미가 살아 숨 쉬고 있는 리스트를. 리스트를 만들고 그것을 하나씩 이루면서 살아간다면 무척 재미나는 인생이 될 것 같다. 먼저 지금까지 재미있게 논 것을 생각해보았다.

1. 텃밭 가꾸기 2. 우곡사 약수 퍼오기 3. 러닝머신 뛰기 4. 콩나물 키우기 5. 새벽 달리기 6. 낚시하기 7. 페인트칠 8. 교회 가기 9. 서천 산책하기 10. 시 100편 쓰기

이제부터 재미있게 놀 것

1. 연못 만들기 2. 재첩 잡기 3. 고동 잡기 4. 미꾸라지, 붕어 등 고기 잡아 키우기 5. 복산동 집 마당에 평상 만들기. 6. 복산동 집에 벽화 그리기 7. 헬스하기 8. 태화강변 걷기 9. 복산동 집 옥상 방수하기 10. 병아리, 오리 키우기 11. 누에 키워보기 12. 태화강에 대한 시 100편 쓰기 13. 강동 바다에 대한 시 100편 쓰기 14. 동화책 내기 15. 수필집 내기 16. 동시집 내기 17. 둘째와 오토바이로 서울 여행하기 18. 제주도 여행하기 19. 라오스 여행하기 20. 시내버스 타고 전국 일주하기 21. 소풍 가기

재미있는 것을 찾다가 창원 자여 근처에 있는 곳을 아침마다 둘러보았다. 안개 낀 아침 다호리 고분군을 지나다 문득 이야기 하나가 떠올랐다. 다음 시는 그곳에서 생각한 후 적은 시이다. 이 시를 지으며 너무 재미있었다. 그리고 이야기시란 장르를 한번 시도해 보아야겠다는 생각을 하게 되었다.

이야기 시 1- 다호리 고분군[2)]

옛날 옛적 가야란 나라에
주남 부족과 낙동 부족이 살았어.

그 둘은 사이가 좋지 않아

2) 주)낙동강 근처에 주남저수지가 있고 그 옆에 다호리 고분군이 있음.

서로 만나기만 하면 호랑이처럼
으르렁거리며 싸웠지.

원래는 낙동 부족만 있었으나 사람이 많아지니
먹을 것을 찾아 일부가 아주 오래전에 떠나
주남 부족을 만들었어.

주남 부족이 사는 곳에는 아주 큰 호수가 있었고
낙동 부족이 사는 곳에는 아주 큰 강이 있었어.

강과 호수에는 잉어, 붕어, 가물치, 등등
먹을 것이 아주 풍부했지.

장미꽃이 예쁘게 피는 5월이면
주남과 낙동 부족은 물고기 잡기 시합을 했지.

두 마을 청년들이 이날만은 싸우지 않고
서로 물고기를 많이 잡으려고 경쟁을 하지.

여기서 이기는 부족이
하나님에게 제사를 지내고

여기서 가장 큰 고기를 잡은 사람이
제주가 되는 거야.

그들에게 제사는 아주 중요한 거야.
하나님을 믿는 두 부족에게는

제사를 지내고, 제주가 되는 것은
일 년의 복을 비는 아주 중요한 일이거든.

또한, 공동의 조상을 가진 두 부족에게는
조상에게 자랑스러운 후손이 되는 길이기도 해.

두 부족이 서로 으르렁거리는 것은
이 제사 때문이야.

그해 5월 물고기 잡기 시합에서는
낙동 부족이 고기를 많이 잡아 제사를 지내게 되었어.

그런데 가장 큰 물고기를 잡은 사람은
주남 부족에 사는 비란 청년이었어.

하나님에게 제사를 지내는 곳은

주남도 낙동도 아닌 근처의 다호리야.

다호리에는 주남과 낙동 부족의
조상들을 묻는 공동묘지가 있어.

제사는 여름에 지내는데
보리를 추수하고 난 다음이야.

마침내 제사를 지내는 그날이 되었어.
옷을 멋지게 차려입은 비가 제주가 되어 제를 올렸어.

제사에는 주남과 낙동 부족 사람 모두가 모였지.
그중에 눈부시게 아름다운 처녀 샘도 있었어.

샘은 많은 사람 앞에서 제를 올리는 비를 보고
그만 한눈에 반해버렸어.

그런데 두 마을의 법에는 다른 마을과
혼인하는 것을 금하고 있었어.

그 법을 잘 알기에 샘은 스스로 타일렀어.

하지만 마음대로 되지 않고 계속 비가 생각났어.

〈달님이 참 예뻐요.
그님도 달을 보고 있을까요?
강가에 달맞이꽃 하나 피어
비님을 생각하지만
달맞이꽃이 임을 생각함도
임은 모르실 태지요.

그리운 임.
한 번만 더 임을 볼 수 있다면
내 가슴속은 달맞이꽃
지천으로 피어 그 향기로
가득할 텐데.

하나님
제발 그 임을 볼 수
있게 해주세요〉

그러던 어느 날, 샘은 친구들과 어울려
다호리로 나물을 캐러 갔어.

그러던 어느 날, 비는 친구들과 어울려
다호리로 사냥을 갔어.

샘과 친구들은 갑자기 비명을 지르며 흩어져 도망쳤어.
커다란 곰 한 마리가 나타났기 때문이야.

비명을 들은 비가 말을 타고 달려와서
샘을 덮치는 곰을 활로 쏘아 죽였지.

〈호숫가에 핀 수선화가
사람이 되었구나.
이 여인은 꽃의 여신임이 틀림없어.
너무 아름다운 이 여인을
사랑할 수 있다면

하나님 제 기도를 들으시고
이 여인이 저를 사랑하게
해주세요〉

기절했다 눈을 뜨니 샘은 믿을 수 없는 상황에 놀랐어.
자기를 안고 걱정스럽게 보는 얼굴이

그토록 보고 싶어 하던 비였거든.

비도 아름다운 샘을 보고 한 눈에 반해버렸어.

그날 이후 둘은 사람들의 눈을 피해 만났어.

〈달빛 고운 밤에는
달맞이꽃이 되고
꽃이 피는 밤에는
수선화가 되고
풀벌레 노래 고운 밤에는
함께 노래 부르고

원시의 풀과
바람과 달과
반딧불과 별과
모두 모두
둘의 사랑을 축복했다네.〉

그런데, 샘을 짝사랑하고 있던
낙동 부족의 안개라는 청년이 있었어.

밤마다 어디론가 사라지는 샘을 보고
안개는 샘 모르게 뒤따라갔지.

비와 샘이 몰래 만나는 걸 본 안개는
크게 낙담하여 낙동 부족의 족장에게 알렸지.

족장은 대로하여 주남 부족 족장에게
사실을 알렸고 더 이상 둘은 만날 수 없게 되었지.

너무나 슬퍼한 샘은 하나님에게 기도했어.
너무나 슬퍼한 비도 하나님에게 기도했어.

〈하나님,
풀이되어도 좋아요.
물이 되어도 좋아요.
둘이 함께할 수 있다면.

비가 바람이라면
바람에 날리는
낙엽이라도 좋아요.

비가 햇살이라면
저는 새싹이 되겠어요.

비가 내린다면
그 물을 담는
샘이 되고 싶어요.〉

하나님은 그 기도를 받아들여
샘의 영혼은 샘물이 되게 하고
비의 영혼은 빗물이 되게 했어

비는 빗물로 샘물에 사랑을 주고
샘물은 언제나 빗물을 기다려

안개는 질투를 못 이겨 진짜 안개가 되었어.
비 오는 날 질투가 난 안개는
빗물이 샘물을 못 찾게
세상을 흐려놓지.

영혼이 빠져나간 샘과 비의 몸은
다호리에 묻혔고, 2000년 지난 뒤
사람들이 다호리에서 찾아낸 거야.

*죽지 않고 사는 삶이 좋기만 한 것일까?

우주에는 생명체가 사는 별이 있지 않을까? 지구만이 생명체가 존재하라는 법은 없다. 그리고 누구나 한 번쯤 먼 우주, 생명체가 사는 별을 생각해보며 상상의 나래를 폈을 것이다. 또한, 그곳이 어떤 모양으로 형성되어있고, 그곳에는 어떤 우주인이 사는 지 궁금해진 적이 있을 것이다. 그런 궁금증과 사람의 영생과 결부하여 상상하여 글을 적어보았다. 공상과학 소설이란 장르가 있다. 소설가가 아닌 나로서는 그런 상상을 소설로 쓰지 못한다. 하지만 시로는 쓸 수가 있다. 그래서 시의 그릇을 빌려 상상의 나래를 펴보았다. 내가 시도하고 있는 이야기시란 형태로.

죽지 않고 영원히 산다는 것은 많은 사람이 원하는 것이리라. 하지만 그런 영생이 꼭 좋은 것이기만 할까? 모든 것이 갖추어진 상태, 즉 천국의 상태라면 좋겠지만 살아있는 것이 지옥 같은 삶이라면 어떨까? 그래도 영생을 원할까? 새의 알을 본 적이 있다. 그 새의 알이 혹시나 캡슐은 아닐까? 캡슐이라면 누가 만든 것일까? 혹시 우주인이 보낸 캡슐은 아닐까? 그렇다면 그 우주인은 왜 캡슐을 지구로 보냈을까? 이러한 상상을 하며 적은 글이다.

이야기 시 2 - 새에게서 들은 이야기

1. ND별[3)]

지구로부터 300만 광년 떨어진 안드로메다은하의
수억 개의 별 중의 하나인 ND 별.
ND 별은 과학이 아주 발달해,
영원히 죽지 않는 약이 개발되었고
그 약을 먹고 사람들은 영원히 살게 되었다.

인구는 계속 늘어나
그 별이 감당할 수 없을 만큼 많아졌고
결국 아기를 낳지 못하게 하는 법이 시행되었다.

아기를 낳으면 죽일 수는 없으니
유전자만 캡슐에 넣어 지구로 보냈다.
그 캡슐을 지구의 사람들은 새의 알이라 부른다.
아주 오래전부터 살기 시작한 지구의 새들은
ND 별에서 쫓겨난 알이 부화하여 생겨난 동물이다.

---
3) ND(NO DIE)

2. 아이가 없는 별

아기가 없으니 놀이터도, 장난감도 유치원도 없어졌고
점점 동심을 잊어버려 웃을 일도 없어졌다.
웃을 일이 없으니 얼굴이 점점 굳어져 표정이 없어졌고
얼굴이 굳어지니 점점 성격도 굳어졌다.
이혼하는 집이 늘어났고, 오랜 세월이 흘러
부부라는 말은 전설에만 나오는 말이 되어버렸다.
부부가 없으니 사랑도 없어졌다.
사랑이 없으니 행복도 없어졌다.

3. 종교가 없는 별

ND 별은 하나님을 믿었다.
하지만 죽지 않으니 교회엘 가지 않게 되었고
죽음의 고통이 없으니 하나님을 멀리했다.
결국 교회가 없어졌고 하나님도 없어졌다.
거룩함이 없어졌고, 숭고함이 없어졌고
믿음이 없어졌고 사랑이 없어졌다.
사랑이 없으니 행복도 없어졌다.

4. 전쟁별

표정이 굳어지니 대화가 사라졌고

조그만 일에도 모든 발달한 무기를 동원해 전쟁을 일으켰다.

전쟁은 전사자는 없으나 수많은 부상자를 만들었다.

팔이 잘린 사람, 발이 잘린 사람

앞을 보지 못하는 사람, 듣지 못하는 사람.

의학이 발달했으나 팔을 만들지는 못 했고

발등, 모든 기관을 만들지는 못했다.

상처는 아물었으나 잘린 상태로 살아야 했다.

5. 지옥별

영원히 사는 것이 좋다고 생각해 약을 먹었지만

맘이 굳어 행복이 뭔지도 모르고 사는 것이

상처를 입어 보지도 못하고 사는 것이

걷지도 못하고 사는 것이

듣지도 못하고 사는 것이

영원히 그렇게 사는 것이 이제 싫어져

죽으려 하지만 죽지도 못하고 살아

ND 별에 있는 사람들은 지옥에 사는 것처럼 되었다.

죽지 않는 약을 먹고 죽지 못하는 병에 걸렸다.
어느 순간 지옥별이 되었다.

6. 지구의 새

그때야 옛날에 보냈던 지구의 자손들이 생각났고
지구로 와서 자신들의 후손인 새들을 만났다.
새들에게 자신들의 이야기를 들려주었고
새들은 그 이야기를 지지배배 떠들고 다닌다.
죽지 않고 사는 것이 좋은 것만이 아니라고.
새들의 소리를 잘 들어보면 ND 별의 이야기가 들린다.
이 이야기는 어떤 새에게서 들은 이야기이다.

***재미 찾기 3**

남들이 생각하면 너무나 소박하다고 생각할 수도 있겠지만 행복과 재미는 결코 거창한 것에 있지 않음을 자여 생활을 통해 알게 되었다. 앞으로도 재미있는 일들이 생각날 때마다 리스트에 추가하고 한 가지씩 실행에 옮겨야겠다. 결국, 재미있는 삶이란 이러한 작은 재미있는 일들이 모여 이루어진다. 재미있는 일들을 생각하다 재미있는 상상을 하였고 그 상상을 시로 적었다.

이 글을 읽는 사람도 자신만의 재미 찾기를 해보자. 그리고 아주 재미있다고 생각되는 것이 있다면 다른 사람들과 함께 공유하자. 그러면 우리 사회가 보다 재미있는 사회가 되지 않을까?

이야기 시 3 - 발명되면 좋겠네.

1) 입으면 하늘 나는 옷

날개옷 입으면
유치원, 학교 갈 때
교통사고 걱정 없어요.

잠자리 날개 모양
제비 날개 모양
비둘기, 벌, 나비

엄마, 아빠와 김밥 사서
하늘로 소풍 가면

얼마나 즐거울까요?

처녀와 총각이
하늘에서 데이트하면
얼마나 신날까요?

멋진 날개옷 입고
하늘에서 패션쇼 하면
얼마나 멋질까요?

하늘에서 하는 리듬체조
하늘에서 하는 무용
하늘에서 하는 음악회

날개옷이 발명되면
얼마나 좋을까요?

2) 아가미 마스크

아가미 마스크를 쓰면
물속에서도 고기처럼

숨을 쉴 수 있어요.

아예 소풍은
바닷속으로 가는 거예요.

바닷속을 마음껏
구경도 할 수 있고

돌고래와 함께
놀 수도 있고

산호 밭에서
숨바꼭질도 하고
보물찾기도 하고

그러면 세월호 같은
비극은 일어나지 않겠죠?

*효소 만들기 1

아침 주남저수지에서 솔 순을 땄다. 인터넷에서 솔 순으로 효소를 만든다는 기사가 기억이 나서. 솔 순 효소를 만드는 것도 재미있는 일인 것 같다. 전체적으로 가라앉은 마음을 조금이나마 싱싱하게 만들어주는 것 같다. 아내는 결혼기념일을 기념하기 위해 매실을 사서 매실 액기스를 만든다고 신나한다.

그래. 신나야 한다. 신나지 않으면 재미없는 거고, 그러면 사는 의미가 없어지게 된다. 재미있게 산다는 것은 인생에서 얼마나 가치 있는 것인지 새삼 깨닫게 된다. 돈이 많아 주체할 수 없는 재벌도 하루를 산다. 돈이 없는 나도 하루를 산다. 하루를 사는 것은 재벌이나 나나 똑같다. 그런데 돈 많은 재벌은 하루를 어떻게 보낼까? 재미있게 보낼까? 돈도 없고 재미도 없게 살면 얼마나 억울한 일인가? 돈은 없더라도 하루를 재미있게 살면 재벌보다 더 값진 인생을 사는 것이 아닐까? 내 가슴에서 발효된 재미있는 삶. 효소를 생각하니 퐁퐁 터지는 거품처럼 가슴에서 즐거움이 솟아난다.

솔향기 맑은 빛

솔잎에 코를 대면

솔잎은 마음에
대롱을 대고
솔향기를 '호호'
불어준다.

솔향기가 마음속에
동그랗게 동그랗게
퍼지며

울적하게 흐린
마음 날씨가
조금 맑아지고
조금 더 맑아져

이제 마음이 환하다.

*효소 만들기 2

또한, 인터넷 검색을 하다 우연히 석류 순으로 효소를 만드는 방법을 발견했는데, 몸에 여러 가지가 좋다고 한다. 우리 집 마당엔 석류나무가 두 그루나 있으니, 효소를 만들어 보아야겠다. 그리고 무화과 열매로도 효소를 만들 수 있다고 한다. 마당에 20년 넘은 무화과나무가 있으니 열매를 따서 그것도 효소를 만들어야겠다. 아내에게 전화하니 엄마가 고들빼기를 줘서 장만하고 있다고 한다. 재밌는 게 너무 많아서 효소 담글 시간이 없단다. 아무래도 이번 주에 집에 가면 효소 담그기에 정신이 없겠다. 아내가 며칠 전 담근 매실, 오디, 그리고 솔순, 무화과, 석류 순, 아! 재밌다. 우리 집 단지엔 효소가 가득하겠다.

발효란 중요한 의미를 지닌다. 효소만이 아니라, 사람도 생각이 성숙하여야 가치 있는 사람이 된다. 사랑도, 시상도, 사상도, 정치도, 모든 일이 효소가 발효되는 시간처럼 그에 합당한 시간이 필요하다.

*자여 서천 마을에서

아침에 서천이라는 조그만 마을로 산책하러 갔다. 조금 큰 도랑이 있었는데, 도랑을 따라 내려가면서 동네 사람들이 만든 밭을 구경했다. 여러 가지의 채소들이 심겨 있었다. 도라지, 양파, 들깨, 상추, 고추 등 가지 수도 다양했다. 도랑을 따라 동네를 한 바퀴 돌았다. 할머니 한 분이 호미처럼 등을 구부려 호미로 밭을 매고 있었다. 정말 평화로운 마을이었다.

그러고 보니 오늘이 현충일이다. 나라를 위해 목숨 바친 그들에게 감사한다. 그들의 희생이 있었기에 오늘의 평화가 있다. 전쟁터에서 죽어가며 그들은 얼마나 평화를 바랐을까, 그들이 그토록 원한 평화를 오늘 자여 서천마을에서 만끽하고 있다. 그들의 죽음이 헛되지 않게 더욱 민주적인 나라, 더욱 잘 사는 나라를 만들어야겠다. 소수만이 잘사는 나라가 아닌, 다수의 국민이 잘사는 그런 나라가 되어야 한다. 그래야 그들의 희생이 헛되지 않다.

그런 의미에서 자여 서천마을은 죽어가던 사람들이 꿈꾸었던 평화로운 마을의 상징처럼 느껴졌다. 특별할 것이 없는 마을. 그렇기에 특별한 자여 서천마을.

자여 서천마을

우곡지에서 내려오는
도랑물은 깨끗했다.
도랑에는 재잘재잘 새소리가

우렁찬 아침 닭 소리와
함께 담겨 흘렀다.

도랑을 따라 내려가면
누렇게 익은 보리와
감나무밭
깻잎, 상추, 도라지
호박, 옥수수, 양파가
함께 따라 내려왔다.

호미처럼 등이 굽은 할머니가
호미 들고 밭을 매는
자여의 서천마을.

매일 아침
얇은 햇살과 풀들과 꽃과
밭과 논과 산과 도랑물이
친하게 어우러져
수채화가 그려진다.

*자여를 생각하며

자여를 떠난 지 몇 년이 흘렀다. 그곳만 생각하면 얼굴에 미소가 아득하다. 지금까지 살아계실지 모를 할아버지, 할머니들. 비록 몸은 불편했지만, 마음만은 푸근했던 분들이 하나하나 떠오른다. 초등학교 등하교를 하며 한의원 앞을 지나가던 아이들은 이제 훌쩍 커버렸으리라. 그들의 재잘거림과 장난기 가득한 어린 모습이 떠오른다. 다호리 고분과 주남저수지와 우곡사와 연못과 많은 새. 주남 저수지 부근에 넓은 연못에 가득했던 수련과 연.

살아가는 일에 상처받고 현실을 떠나 찾아간 넓은 들판이 있는 자여. 그곳에서 욕심 내려놓고 글만 쓰고 살았던 시절. 아마도 지금쯤 자여도 많이 변했을 것이고, 나도 많이 변했다. 하지만 자여 들판의 여백에 쓴 평화로운 삶의 글들은 언제까지 그대로 지워지지 않고 내 가슴에 남아있을 것이다.

마치는 글

***시, 독자와의 소통이 생명이다.**

사람은 관계하며 살다 관계 속에서 죽는다. 관계를 맺고 지속하기 위해서는 서로 간에 의사소통이 필요하다. 의사소통의 방법에는 말과 글 외에도 여러 가지가 있다. 아기는 태어나면서부터 울음을 터뜨려 자신이 세상에 나왔음을 알린다. 그리고 배가 고플 때마다 울음으로 배고픔을 엄마에게 알린다. 또한, 말을 하지 못하는 사람은 수화로써 의사소통한다. 그 이외에도 몸짓으로 의사를 전하는 바디 랭귀지가 있다. 그중에서 가장 널리 사용하고 있는 것이 말과 글이다. 의사소통되기 위해서는 한 사람이 의도하는 바가 다른 사람에게 전달되어야 하고, 그 전달된 내용이 이해되어야 한다.

많은 시인이 많은 시를 쓴다. 그런데 그 시가 어렵다 보니 시인이 의도한 바를 독자가 이해하지 못한다. 한 마디로 시인과 독자가 의사소통되지 않는다는 말이다. 시인은 시를 쓸 때 자신은 그 시에 대해 알고 있다. 자신만의 영감으로 어떤 상징을 통해 자신이 표현하고자 하는 바를 표현한다. 하지만 독자는 시인이 어떤 상황에서 어떤 영감을 가지고 글을 썼는지 알지 못한다. 그렇다면 시 속에 독자들이 이해할 만한 장치를 해두어야 한다. 그래야 독자도 그 시를 이해할 수 있다. 이해해야 공감이 일어난다. 그래야 그 시가 생명력을 가진다.

시인마다 자신만의 독특한 스타일이 있다. 그 시인의 시를 집중적으로 읽다 보면 어느 정도 그 시를 이해할 수 있게 된다. 하지만 현대는 시인들이 아주 많고, 그 많은 시인을 하나하나 집중적으로 공부하여 읽을 독자는 그리 많지 않다. 그렇다면 시도 일정 부분 대중성을 가져야 한다. 그렇기에 시 쓰기가 어렵다. 시가 가진 본래의 문학성을 추구하면서도 대중성을 확보해야 하기에 독자가 이해하는 쉬운 시를 쓰기가 더 어려운 것이다. 그렇다고 불가능한 것도 아니다. 안도현의 "너에게 말한다." 조지훈의 "사모", 이형기의 "낙화" 등등 이해하기 쉬우면서도 상징성을 가진 시들은 찾으려 하면 아주 많다. 그런 시들이 생명력을 가지고 시간이 지나도 독자에게 읽히게 된다.

요즈음의 독서 경향을 보면, 책을 좋아하는 사람은 다독하고 좋아하지 않은 사람은 아예 1년에 한 권의 책도 읽지 않는 양극화가 뚜렷하다. 특히, 과거보다 볼거리가 많은 현대에는 책을 통하지 않고도 문화적인 욕구를 충족할 수 있다. 핸드폰을 통해 실시간으로 영상을 볼 수 있고, 컴퓨터를 통해 얻고자 하는 정보를 마음만 먹으면 언제든지 접할 수 있기에 굳이 눈 아파가며 책을 읽지 않는 것이다. 그러다 보니 책을 통해 얻을 수 있는 간접경험이나, 심층적인 사고, 정서를 자극하는 감동 등에 노출되는 상황이 적어질 수밖에 없다. 특히, 책을 읽기를 싫어하는 사람은 산문에 약하다. 그렇기에 시는 그런 사람들에게 어필할 수 있는 적합한 장르이다. 짧은 글로 정서에 울림을 주기 때문에 산문이 주는 지루함 없이 문학이 주는 즐거움을 만끽할 수 있다.

지루함이 없다는 것은 읽었을 때 이해가 가능한 것이라야 한다. 기호와 같은 복잡한 상징을 관념적으로 나열한 것을 독자들이 쉽게 읽고 공감하기는 힘들다. 그렇기에 쉽게 시를 써야 하며, 쉽게 쓴 시를 읽고도 독자가 싫증을 내지 않고 정서적 만족을 얻을 수 있어야 한다.

이 책의 내용은 쉽다. 몇 편을 제외하고는 읽으면 바로 이해가 될 수 있는 글들이다. 그것에다 시를 쓰게 된 동기나, 시와 관련된 해설, 시에 대한 감상 등을 덧붙였다. 독자들이 시에 좀 더 쉽게 접근할 수 있도록 했다.

시인은 시를 쓸 때 어떻게 하면 자신의 시적 감흥을 독자들이 쉽게 이해할 수 있을 것인가를 고민해야 한다. 쉽더라도 시가 가진 고유 영역을 지킬 수 있을지를 고민해야 한다. 그래야 독자가 확보되고, 독자와의 관계가 지속하고, 소통된다. 시인은 쉬운 말을 어렵게 표현하는 사람이 아니라, 어려운 정서적 감흥을 쉽게 풀어 독자에게 알려주는 사람이다. 그래야 시가 생명력을 가진다.

시 쓰는 남자의

사랑이란 가슴에
꽃으로
못 치는 일

초판인쇄 2018년 12월 19일
초판발행 2018년 12월 24일

지 은 이 윤창영
발 행 인 조현수
펴 낸 곳 도서출판 프로방스
마 케 팅 최관호 최문섭
IT 팀장 신성웅
편 집 Design one
디 자 인 Design one

주 소 경기도 고양시 일산동구 백석2동 1301-2
넥스빌오피스텔 704호
전 화 031-925-5366~7
팩 스 031-925-5368
이 메 일 provence70@naver.com
등록번호 제2016-000126호
등 록 2016년 06월 23일
I S B N 979-11-88204-88-5(03810)

정가 15,000원